MI ESTRELLA

Lara Finta

Contents

Soy Juliet, una persona que con el tiempo perdió sus aspiraciones y sus sueños, tengo cáncer, sería irónico tener un futuro pensado. La maldita enfermedad me lo quitó todo, pero entonces lo conocí y sentí como algo en mi se volvió a encender.

Él era mi motivo de seguir viviendo pero un día todo dió vueltas y él fue mi motivo para morir para ser como una estrella..

capítulo1

Y aqui estaba yo, otra vez frente a las grandes puertas de la preparatoria, no querían entrar, todo seria raro. Después de un año volvia a estar aqui iba a dar la vuelta para irme porque no me sentía preparada para esto.

no no estoy hablando de una preocupación por libros, tareas, exámenes, o la típica preocupación de hacer amigos

De echo a mi se me resultaba muy fácil hacer amigos, y los exámenes y tareas eran mi menor preocupación. Lo que me preocupaba, lo que me daba miedo, era la cara de todos al verme, eso me aterraba, ver la cara de los profesores diciendo la misma frase de siempre mientras todos en el salon me miran "démosle la bienvenida a Juliet, Juliet estamos muy contentos de verte, esperamos que este año sea diferente", diablos.. como odiaba esos malditos discursos, es decir... ya todos estaban algo acostumbrados a verme una semana y a la otra no, a no verme por meses, ya todos estabamos acostumbrado a eso, incluso yo, ya me habia acostumbrado a ir a clases un tiempo y luego volver a caer y terminar en el hospital.

No, no tengo adicciones ni nada de eso. en realidad, estoy enferma. Tengo cancer, nunca eh accedido a hacerme ninguna quimeoterapia asi que aun tenia pelo, mi cara, bueno.. estaba algo palida y con un par de ojeras, tenia el pelo por la mitad de la espelda de color rojiso, tenia un cuerpo lo bastante bien y bonito para ser que estoy enferma, la mayoria de las chicas enfermas de cancer bueno... tienen un curepo delgado exageradamente o el peso no adecuado, pero yo, conciderando todo estaba bastante bien..

mi nombre, cierto, ya me habia olvidado. me llamo Juliet, pero todos mis "amigos" muy "conciderados" me dicen la pelirroja enferma. (por favor no olviden mi sarcasmo)soy una persona que bueno no ah vivdo muchas cosas, al menos no las que quisiera o tuviera que haber vivido como toda chica de 16 años.

Bueno les conatare algo de mi corta y no interesante vida..

Siempre fui una chica muy energica, con mucho humor y un gran carisma, obvio jamas dejando de lado mi hermoso sacrasmo, bueno, que haria yo sin el sarcasmo. Desde pequeña mi sueño siempre fue ser una gran actriz, tener un novio como Zac Efron y que mi amante sea Harry Potter pero bueno, los sueños no se cumplen A los 14 años fue detectado que tenia cancer, y fue ahi donde mi vida se fue a la mierda. Mi madre habia comenzado a estar muy secible y demasiado portectora conmigo, ya no me dejaba salir a ningun lado, a penas podia salir al jardin de mi casa y ir a la escuela. Un dia ella decidio que debiamos mudarnos a Estados Unidos ya que aqui tenian medicos mas especializados y que tednria una mejor atención, yo no estaba de acuerdo pero tampoco me podia negar, despues de todo entendia su preocupación. Mi padre habia muerto cuando yo tenia 5 años, tambien de cancer. Asi que era bastante entedible todo su miedo y angustia al saber que su hiija estaba en la misma.

Todos siempre me dijeron lo mismo "calma, ya veras como podras salir adelante", ya me habia aprendido cada palabra que me decian de memoria, siempre me decian lo mismo, pero yo sabia que no, yo sabia que en realidad, tambien me iba a morir, pero de echo, la muerte nunca fue algo que me diera miedo, es decir.. todos ibamos a morir, unos antes que otros pero algun dia todos nos iriamos. Siempre me veía como una estrella, ouna estrella más en el cielo, es asi como veo la muerte, como si fuera una estrella. Mis sueños de ser actriz, tocar el piano, casarme a los 23 con Zac Efron y engañarlo con Harry Potter se habian ido a la mierda, ya que en mi interior sabia que nunca llegaria a hacer esto, ni siquiera tenia la esperanza de llegar a los 20. Por mi parte en lugar de tirarme hacia adelante y decirme que me veia hermosa, me reptia una y mil veces "vamos Juliet, acaso crees ue Zac Efron se casaria contigo con esa cara, asi no te querria ni el chico nerd de la prepa" es cruel.. pero siempre fui cruel conmigo misma, era mi manera de hacerme fuerte y mantenerme en la realidad, porque si no lo hacia yo, no lo haria nadie, ya que todos sentian tanta lastima que lo unico que hacian era meterme en una burbuja de plabras bonitas, las cuales aparte de empalagarme y me hacian sentirme peor, porque.. bueno, no creo que alguien quiera que sientan lastima por una misma.

Si alguna vez tuve metas y ganas, realemente ya no lo recuerdo, lo unico que tengo presente es que a los 14 años yo mori, porque el cancer me mato, me mato a mi y mato mis sueños, mato todos lo bueno que habia.

Por suerte a los 15 años habia podido volver a estudiar, habia echo amigos, aunque en realidad no se sentia bien tener "amigos", porque parecia que solo se acercaban a mi por lastima, pero todo eso duro poco, a las 2 semanas que llevaba estudiando recai, estaba en la clase de literatura cuando me desmaye, y bueno desperte en mi otra casa, desperte en el hospital, nuevamente estaba alli, una pena.. lo se, pero era tanta la costumbre de estar en hospitales que otra vez no senti miedo, no senti nada, era como si estuviera tirada en el sillon de mi casa, solo que era un hospital y estaba en una cama.

Me costo bastante recuperarme otra vez, sinceramente ya no queria volver a estudiar, en ese momento toda chispa de esperanza se habia esfumado, mi madre no queria queria permitirse ver que su hija abandonaba todo, le costo, le costo mucho pero al final me convencio, me dijo "1 año, te doy 1 año para que este todo lo suficientemente bien para que vuelvas a estudiar, no mas que eso, tienes un año para recuperar algo de tu vida, en un año volveras a la preparatoria, hablare con el director para que no te de por perdido el año y no tengas que repetir". yo no estaba de acuerdo, pero.. entendi sus palabras, y bueno de algun modo tambien debia darle la estupida esperanza a mi madre de que no me iba a morir.

Despues de 8 meses habia logrado recuperarme bastante, de echo, me habia recuperado tanto que los medicos me doijeron muy seguros de sus palabras que si seguia asi, venceria al cancer y podria llevar mi vida completamente normal y bien.

Debo ser sincera.. al esuchcar a los medcios decir eso algo en mi se removio, habia sentido paz, por primera vez habia sentido que algo en mi vida iba saliendo bien, pero claramente volvi otra vez con los pensamientos "realistas" ya que si levantaba mucho los pies del suelo terminaria volando y pues no, no queria ilusionarme y que de un momento a otro todo se vuelva a ir a la mierda.

Y bueno esa es mi historia, nada entretenida, lo se, pero bueno supongo que tener cancer no es una de las cosas mas increibles que me pasaron.

FIN DE TODO EL FLASHBACK DE MI VIDA

Sigo aqui, parada frente a la puerta, no logre irme.. pero no estoy sola..

capítulo2

Mire quien me habia agarrado el brazo, y la verdad no tengo la menor idea de quien es, pero.. ses quien sea no le quiero conocer.

era un chico, era alto, flaco y usaba lentes, me estaba mirando con una leve y suave sonrisa.

mientras yo lo miraba como para querer matarlo, intentaba mirarlo tan pero tan mal hasta el punto de que el chico salga corriendo, no quería falsos amigos y mucho menos lastima de parte de ellos.

como vi que el no me soltaba hice fuerza empujando su brazo, pense que el se iría si hacia eso, porque bueno... si alguien tiene ese gesto conmigo creo que yo me iria enseguida, pero no...

el chico volvió a acercarse:

--hola-- me dijo con una mirada calida y extraña--me llamo Eric, lamento lo del brazo pero, estaba esperando que te dieras la vuelta para que me notaras y como no lo hacías pues... ya sabes, lo siento

yolo mire detenidamente es decir el chico era guapo y parecía bastante sincero, pero NOOO yooo con mi hermoso y perfecto caracter le dije: --pues no debiste haberlo hecho-- y me di la vuelta y entre.

mierda! pude haberme ido pero no! tenia que aparecer Eric o como quiera que se llame!

en fin.. entre y no habia nadie en el pasillo, de echo Eric fue la unica persona que habia visto, dentro habían varias filas de casillero y en la ultima puerta de la derecha de el pasillo estaba la oficina del director, me Diego a ella y suavemente toque la puerta

--adelante-- se escucho la voz del director

cuando entre me recibió muy bien y bueno yo pues.. tenia siempre mi mirada de "odio a todoooos" pero a el no le importo porque siguió siendo igual de amable siempre.

tras unos 5 minutos de charlar con el alguien toca la puerta, el director le permite pasar y POOOOM casi muero, no sabia donde meterme, tenia la esperanza de que me tragara la tierra.

Eric estaba Eric!

él entro y enseguida el director dijo con una enorme sonrisa --oh Eric estaba esperando que llegues, ella es Rose la chica a la cual quería que le enseñaras la institución--

-hola, soy Eric--dijo el extendiéndo la mano con una sonrisa picara.

--hola- dije yo un poco avergonzada

ambos nos quedamos ahi pasmados unos minutos asi que el director nos termino corriendo.

salimos y Eric me comenzó a señalar de que era cada salón, llegamos al campo y wooow, ahi si que habían chicos guapos, pero habia uno, era demasiado lindo, era alto, morocho y musculoso, lo quede mirando unos segundos hasta que note que el me estaba mirando, enseguida le quite la mirada de arriba, pensara que soy una loca desquiciada que esta esperando que venga y me bese, okey tal vez exagere un poco. BASTA me recordé a mi misma. y volvi a prestarle atención a Eric.

estuvo hablando mas de 10 minutos seguidos, ya no lo soportaba asi que en momento lo interrumpí y demostrando lo aburrida que estaba le dije .--okey Eric gracias poor el recorrida emm yo creo que me ire a la cafeteria o a las gradas, emm gracias--

--ohh emm de nada, cualquier co-cosa estaré en en algún sitio eh suerte-- respondió el algo apenado y con unos ojos llenos de inseguridad

la verdad me dio algo de pena pero bueno. Le hice una pequeña sonrisa y seguí mi camino, no tenia la menor idea de a donde iba solo estaba caminando en direccion contraria a la de Eric.

en un momento vi una puerta cruzando el campo y yo distraida y idiota crei que era el baño de chicas, dios malditas ganas de mear!

me dirigi hacia aquellas puertas y entre sin más, cuando entro bueno... no era exactamente un baño de chicas. estaba llenoo de chicos recien bañados con tan solo una toalla cuebriendo su parte. enseguida todas las miradas calleron en mi, yo estaba paralizada, aunque debo admitir que habian caras bonitas y si no eran las caras eran sus cuerpos. cuando reaccione pedi disuclpas y me di vuelta a abrir la puerta y para terminar de cagarla justo venia entrando aquel chico guapo que estaba en el campo, nos dimos un leve choque y nos quedamos mirando, pero esta vez reaccione rapido y enseguida me fui, el me quedo mirando desde la puerta algo desconcertado pero yo no pensaba darme vuelta para mirarlo.

capitulo3

Después de buscar la cafeteria por al menos unos 15 minutos la encontré, entre y fui a buscar mi comida.

tenia la bandeja en la mano, habia mucha gente, todos sentados en grupos y yo pues.. ahí sola buscando un maldito lugar donde sentarme.

vi la mesa en donde estaba Eric pero tambien habia mucha gente a su lado y en estos momentos no tenia ganas de interactuar, asi que solo fui a una mesa y deje la estúpida bandeja con comida.. de todos modos no tenia hambre.

enseguida sali casi corriendo de la cafeteria, dirigiéndome al campo-campus, fui a la gradas y me senté alli, estaba sola, mirando NADA literalmente no se que rayos miraba.

NARRA EL CHICO GUAPO:

No se que tenia esa chica pero de verdad era muy hermosa.. tenia un hermoso pelo rojo y unos ojos color miel que te hacian querer mirarlos por siempre, no se veía muy bien, tiene cara de pocos amigos, algo raro... como si odiara el mundo pero amara estar en el.

no se quien es pero tengo que conocerla..

sali del vestidor despues de unos 25 minutos y me dirigí a la cafeteria, llegue y la verdad el menu no se veía muy bueno asi que me fui, me dirigía al campus, no se a que, pero mis pies me guiaban ahi asi que solo caminaba.

llegue y la vi, ahi estaba.. sentada sola en las gradas, su pelo rojo volaba con el viento y su mirada parecía perdida. era el unico momento, era EL momento.. debía acercarme.

lentamente camine hacia ella y me sente a su lado

--hola..-- dije algo nervioso

ella solo me miro y me regalo una pequeña sonrisa..

--soy john.. y tu?-- dije con una sonrisa

--Juliet.. me llamo Juliet-- me respondió con calidez

NARRA JULIET:

JULIET CALMA!! POR DIOS !! me va a dar un paro cardiaco.

mi corazón viene a mil no puedo creer que se me haya acercado.. sentirá lastima por mi?

ohhh basta Juliet no no cagues el momento, por que sentiría lastima si aun no sabe? me dije a mi misma por dentro.

aun no puedo creer que se me haya acercado, es decir.. es hermoso..

diablos juliet intenta sonar natural por dios cambia esa cara de culo!

--eres nueva?-- pregunto john con una amable sonrisa

--si-- respondí amablemente

--que clase te toca ahora?-- dijo John

--literatura y a ti?-- dije sin más

--a mi tambien-- me dijo John con una sonrisa dibujada en su rostro y sus ojos brillantes no lo puedo creer es decir!! estamos juntos en literatura!! dios mioo!!

en ese momento sono el timbre y el me dijo: -- quiere que te acompañe?.. es decir eh vamos juntos?--

--claro!-- respondí supeeeeer emocionada con mi hermosa sonrisa intentando disimular todo mi nerviosismo

fuimos caminando hasta la clase, ya estaban todos sentados en sus sitios y bueno yo aqui parada... john me dejo pasar primero y enseguida me dirigí a aquella mesa libre que habia en el fondo del salon. John vino atras mio y se sento a mi lado. Luego de unos 5 minutos cuando la profesora se dio cuenta que estabamos todos esperando por ella dejo su celular y dijo:

--bueno chicos hoy tenemos a una alumna nueva Juliet, pasa a presentarte , oh espero que este sea un mejor año para ti--

--gracias-- respondí intentando sonar amable y disimulando las ganas que tenia de arrojarla por la ventana.

me levante de mi asiento y me dirigí al frente, logicamente todas las miradas caían en mi. la de la chica rubia que mascaba chicle, la del nerd que tenia sus típicos lentes negros, la del chico de color que tenia la remera de tira y .. la de john.

estaba algo nerviosa, no queria hacer esto, a no más, a todos estos chicos que estaban mirandome no les interesaba saber nada de mi y a mi no me interesaba contarles de mi vida.. que se suponía que les diría? "hola yo soy Juliet y tengo cancer, tengo la esperanza de poder terminar el año y casarme con Zac Efron, espero que tu la rubia que masca chicle no me hagas la vida imposible y que tu el chico de color no quieras sexo conmigo" no no podia.. despues de estar parada ahi adelante sin decir nada..

--bueno creo que es muda-- dijo la chica con una maligna sonrisa de lado y ahi todos estallaron en risas. Bueno todos menos Jonh el solo me miraba a mi fijamente como si estuviera dándome animos con la mirada.

no lo entiendo yo hago chistes buenos y nadie se rie pero esta rubia hueca dice que soy muda y todos estallan en risas.. en fin asi es la gente

--no, no soy muda.. solo estoy pensando algo interesante para decir porque la verdad no creo que alguien le importe saber algo de mi, por cierto se te quedo chicle en los labios-- le dije a la chica rubia sonando bastante segura de mi misma. en ese momento todos comenzaron a reirse incluso John, pero esta vez la chica rubia no se rio, solo me miro fijo y revoleo los ojos.

--me llamo Juliet, y bueno espero hacer muchos amigos-- dije siendo sarcastica mientras miraba a aquella chica rubia.

en ese momento me dirigi a mi asiento y me sente.

John me quedo mirando y dijo --estuviste increible-- con una leve sonrisa --gracias-- asenti yo.

paso la clase completamente normal, el dia transcurrio igual, bueno.. estab vez me la pase sola porque John se fue con sus amigos, no, no, si me invito a ir con él, pero le dije que no tenia ganas. lo se, solo yo le digo que no cuando me muero de ganas, pero tampoco queria estar todo el dia con él, tal vez lo hacia sentir incomodo.

terminaron las clases y me fui a mi casa, al llegar encontre una carta de mi madre pegada en la heladera "cariño, espero que te haya ido genial en el primer dia, fui al super y a hacer unas cosas, cuado regrese me cuentas todo" " te ama, mamá"

la leí y me fui a acostar ya que la verdad estaba bastante cansada, esto de salir de la rutina diaria era agotador

capitulo4

* estas curada... Juliet estas curada* escuchaba en eco como me lo decían dos personas, un hombre y una mujer, ambos vestidos con trajes azules, yo estaba acostada en una camilla

--no no no--les decía yo

Juliet ámalo, vamos Juliet me decía la mujer

--no no quiero!-- decía yo entre llantos

Te amo! se escuchaba a lo lejos, era la voz de un chico, esa voz me sonaba conocida.. pero de quién?

-- no, no te vayas, no me dejes-- decía yo angustiada

parecía la escena de una pelicula pero.. era yo, estaba soñando.

desperté, y mire la hora, me habia dormido por dos horas, fui al baño a lavarme la cara, estaba algo agobiada por el sueño, la verdad hace mucho no soñaba y este sueño habia sido bastante raro. cuando me mire al espejo note que habia estado llorando mientras soñaba, me lave rapido la cara... la verdad no me gustaba la idea de saber que habia llorado, me hacia sentir débil.

de repente cuando iba saliendo del baño escuché un ruido en la cocina, fui a ver y era mi madre poniendo unas pizzas en el horno

--mmmm que rico-- le dije con una sonrisa y mi magnifica cara de dormida

--hola mi amor cuéntame ¿como te fue? -- me respondió mi madre con todo el amor del mundo

--me fue muy bien mamá, de echo hasta mejor de lo esperado-- respondí yo con una sonrisa

--me algero mucho! ya hiciste algún amigo?-- respondió ella

--de hecho si-- le dije algo emocionada

seguimos hablando un buen rato, le habia contado de John, creo que al final ella se emociono mas que yo, la verdad eso era lindo, es decir.. era hermoso ver a tu madre feliz. De repente senti un olor a muzzarela quemada --mama las pizzas se queman!-- dije alarmada

ella fue a sacarlas del horno mientras yo fui a elegir una película para que veamos juntas

estaba entre poner "amor eterno", "antes de ti" o " bajo la misma estrella" después de unos 5 minutos decidi poner " bajo la misma estrella"

Mierda! maldeci por dentro al ver de que se trataba la pelicula, pero bueno en fin aun asi estaba muy bonita.

termino la pelicula y yo mi madre estabamos llorando, eramos algo sensibles y bueno esa pelicula fue muy triste, en un momento nos miramos la una a la otra y comenzamos a reir.

capitulo5

7 am. *peep* *peep* *peep*

diablos la maldita alarma no dejaba de sonar, otra vez tenia que ir al instituo, otra vez iba a poder ver a.. JOHN !! cierto, otra vez lo veria, esta vez quiero que el me comience a mirar de otra manera, bueno.. de la misma siempre me mirara porque bueno no es que se cambiaria los ojos o algo asi, sino que quiero que me mire como algo más.. como un amor tal vez..

yo nunca habia tenido novio, supongo que nunca tuve tiempo para esas cosas, siempre pasaba de hospital en hospital, como alguien podria estar conmigo? nadie aceptaría que su novia no pueda salir porque esta en el hospital.

NO NO NO diablos! no no, no voy a caer en las redes de este chico, no lo conozco, no se quien es realmente, no me puedo guiar solo por una cara bonita.. pero es que es taan lindo, sus ojitos marrones.... su boca, su pel.. NO BASTA no puedo encariñarme con alguien para que luego vuelva a caer en un hospital y tenga que dejarlo, pero.. aun asi, el no sabe lo de mi cancer.. asi que cuando le diga saldrá corriendo.

después de unos 10 minutos de carcomerme la cabeza yo sola, decidí levantarme.

20 minutos después

me fui al instituto caminando como siempre, pero.. cuando iba pasando el parque lo vi, era John.. estaba besándose con una chica, wow, a la mierda todas mis ilusiones.. asi que esto era el amor? diablos, como puedo hablar de amor, como se supone que sepa lo que es el amor? como sabre que estoy enamorada si no se lo que es..

BASTA JULIET, me dije a mi misma

no puedo seguir, no lo conozco, el no me puede gustar.. además, resulto ser un imbecil. o quiza no, es decir, el no tenia por que reservarse psara mi ni nada, apenas nos conociamos pero a mi eso me importaba 1000 hectares de mierda, John era guapo y muy simpatico, yo si queria conocerlo, pero no podia, no lo haria, se estaba besando con una chica, y adivinen quien es... la estupida rubia que esta en literatura conmigo, si, la misma rubia con la que discuti.

NARRA JOHN.

estoy llendo hacia el instituto, la verdad tengo ganas de volver a ver a Juliet, esa chica era hermosa, y aunque no se ve muy amigable de hecho lo es..

iba pasando por el parque cuando estaba Jennifer

--John! ven aqui-- me dijo ella muy sonriente.

me acerque a ella que estaba en un banco en el parque, habian dos chicas mas con ella, sus dos mejores amigas, Cate y Lisa, ambas eran muy simpaticas pero el hecho de que se juntaran con Jennifer no les daba una muy buena reputación.

Jennifer era la tipica chica rubia del instituto, esa que siempre iba mascando chicle y tenia una fuerte loción de vainilla. |Ella era muy impulsiba, jamas le importo si lastimaba a alguien con sus palabras, era egoista, manipuladora, capaz de enredar a cualquier chico, era una zorra, pero una zorra muy inteligente, ya se habia acostado con todos mis amigos del equipo de lacrosse, yo ya sabia que a veces ella intetaba coquetearme pero jamas me intereso, a mi siempre me gusto Lisa, su mejor amiga...a veces podia notar como Lisa me miraba pero al ser amiga de Jennifer yo sabia que no andaria conmigo, asi que debia abrirle los ojos para lograr salir con ella.. es decir, si yo lograba hacer que Lisa se diera cuenta de lo perra y asquerosa que es su amiga en realidad, asi lograria salir con ella.

me acerque y de repente estaba besando a Jennifer, no se como paso esto... me acerque a ella y me tiro del brazo hacia ella, queria terminar este beso, no queria besarla ella, que pensaria Lisa, diablos!. me aleje bruscamente de ella y mire a Lisa. Ella tenia una mirada de decepción, de tristeza, pero la oculto cuando Jennifer la quedo mirando seria al notar como nos mirabamos.

Me di vuelta para seguir mi camino, cuando la vi.. estaba Juliet al otro lado de la calle, mirando todo.. demonios! acaso me podia pasar algo peor!? no se por que me importaba pero de verdad queria conocer a esa chica, no comopara que seamos algo mas que amigos, sino solo para ser AMIGOS, ella tenia algo especial, algo que de verdad queria saber que era.

tenia una mirada oscura, como si ocultara mil cosas en ella, sus ojos solo dejaban ver que habia un gran misterio, su cabello era hermoso, verlo volar con el viento te hipnotizaba, ella era un misterio el cual yo queria resolver.. era oscuridad pero tenia luz. es algo inexplicable todo lo que me logro hacer sentir.. pero.. a mi me gustaba Lisa

NARRA JULIET:

él me estaba mirando, no sabia que hacer.. no quiero que note que vi todo y la verdad.. rompio mis ilusiones, asi que estupidamente, le sonrei levemente y segui mi camino.

esperaba que el viniera detras de mi y me dijera "oh Juliet, lo siento, perdoname y vayamos juntos a ver Harry Potter y comamos palomitas mientras somos novios" ya saben, algo como en las peliculas pero, eso no pasaria yo no le gustaba a John y nunca le podria gustar.

capitulo6

Evite a John , aunque de seguro ni siquiera me busco..

pasaron 2 días de que no iba a clases, ultimamente me habia sentido agotada y tenia miedo de caer mientras estoy en clase.. hoy iba a volver, no quería reportar materias ni bajar mis excelentes calificaciones. Me levante y iba a llegar tarde, se suponía que debía entrar a clases en 20 minutos asi que me levante corriendo, lo que provoco que me pusiera ya de mal humor y plantara una hermosa y enorme cara de culo la cual era imposible de disimular.

llegue al instituto y ya estaban todos en la clase, me daba pena entrar pero tenia que hacerlo asi que toque la puerta y cuando la profesora me dio permiso de entrar volver hacia dentro, mire para el fondo a la mesa donde me sentaba yo, pero.. estaba ocupada, estaba ocupada por alguien que nunca habia visto, de seguro era nuevo o habia empezado las clases tarde, lo mire medio mal con cara de "oyee idiota ese es mi lugar por si no estabas enterado" en fin, fui hacia la mesa y me senté a su lado

--no sabía que alguien se sentaba aqui-- dijo el chico del cual desconozco su nombre, la verdad habia sonado como un "si hubiese sabido que alguien se sentaba aqui ni si quiera me asomaba a este sitio". yo lo mire con cara de asco --oh calma no soy una loquita que andara atras tuyo y tampoco tengo ninguna peste que se contagie por tener a alguien a mi lado, pero si no te gusta la idea de que este aqui puedes irte-- le dije sonando muy segura de mis palabras. el chico parecio asombrado, pero me sonrió, no entendia por que sonreia es decir, lo mande casi a la mierda. --hace tiempo no veia chicas con caracter-- me dijo el con una mirada muy sincera --bueno, hola un gusto, acabss de ver a una que si tiene-- dije intentando sonar despreciable. de hecho no sabia por que rayos me comportaba asi es decir.. el chico era guapo y no me hbaía dicho nada tan fuerte o algo asi. tal vez porque me agarro con un hermoso y perfecto humor de perro... --un gusto chica con caracter me llamo Adrik-- me dijo él sonando seguro. bueno hay que admitirlo tiene un nombre precioso, unos ojos divinos y una boca perfecta. -- Juliet, mi nombre es Juliet-- dije sonando pasiva. Adrik me sonrio y miro hacia el frente al igual que yo.

sono el timbre para ir a la cafeteria y bueno ya saben, un "receso". iba saliendo del salón cuando un chico de último grado me empujo

--ten cuidado!-- dije cuando sentí el golpe. el chico se acerco a mi y me miro posesivamente, como si se sintiera el puto macho alfa. --¿o que? me dijo el chico sonando aún mas rudo. Adrik venia atrás mio y al escuchar eso se puso enfrente de mi, estaban frente a frente ambos callados hasta que Adrik rompió el silencio y toda esa tención

--mira amigo, mejor da la vuelta y segui tu camino-- dijo Adrik sonando muy seguro de que seria capaz de romperle la nariz. por un momento pensé que ambos terminarian a los golpes cosa que seria lo peor porque bueno aunque Adrik parecia muy seguro de lo que decia, digamos que el chico de color al que enfrento no se veia muy amigable y débil, no tenia mucho pelo, tenia una musculosa negra y unos jeans azules,en sus ojos no se veia nada bueno, tenia un cuerpo lo suficiente grande como para hacer pure a Adrik, tenialos musculos muy marcados y mosraba superioridad en su mirada, pero por suerte no paso.. el chico miro a Adrik y comenzo a irse --nos vemos en unas horas-- le dijo a Adrik mientras se iba. Adrik me miro y me hizo una pequeña sonrisa de lado, despues continuo su camino, yo mientras tanto seguia con la misma cara de culo de siempre.

yo aun no lograba entender que rayos habia pasado recién... por que Adrik me habia defendido? por que el chico le dijo que se verian en unas horas? por que mierda Adrik me sonreia? claro, por la misma razón que todos, aún no sabe, aún no sabe que sigo muriendo.

Despues de unos minutos llegue a la cafeteria y estaban todas las mesas llenas asi que decidi ir al campus, a las gradas.. cuando llegue alli se encontraba John y Jennifer.. besandose.

los quede mirando unos segundos desde la puerta ya que al verlos ahí ni siquiera pise el campus, estaba ahihasta que me di cuenta de lo patetica que estaba siendo, John era un idiota, se notaba a kilometros que le encantaba Lisa pero estaba con Jennifer, entre y fui camino a clase de literatura, aun faltaban 5 minutos para entrar pero no tenia nada mas para hacer.

NARRA ADRIK:

Estaba saliendo de los vestidores del campues cuando la vi… estaba Juliet, estaba concentrada en lo que veia, cuando me di cuenta, ella estaba mirando a los idiotas de John y Jennifer besandose, Jennifer era una maldita zorra, me habia intentado coquetear muchas veces pero nunca le di entrada y John bueno.. el no se quedaba atras, todo el mundo sabe lo mucho que le gusta Lisa pero el idiota se mete con Jennifer, sin nombrar la parte en la que ah estado con casi todas las chicas de nuestra institución. Solo espero que a Juliet no le guste John, el es un verdadero idiota, un maldito hipocrita.

tengo que admitirlo, Juliet era muy atractiva y su caracterme gusa.. tenia un caracter fuerte pero era muy segura de si misma, eso me gustaba mucho, la seguirdad que tenia, se que aun hay muchas cosas que no se de ella pero.. lograre que ella se enamore de mi. No sera tarea fácil pero lo lograre, lo bueno no es fácil, y si es fácil no es bueno, sería como comprar algo de china, un día lo tienes y al otro ya no.

capitulo7

Terminaron las clases y me fui para mi casa, cuando llegue me di un baño, me puse un jean con roturas justo al cuerpo y un canguro amarillo, me peine y iba salir a caminar, tenia muchas ganas de dar una vuelta. baje a la cocina y le avise a mi madre que ya me iría, que dejaría el celular por si las dudas, me despedí de ella y sali. eran las 8 p.m no era tan tarde pero tampoco era temprano asi que debía andar con cuidado, jamas me habia pasado nada pero nunca hay que confiarse demasiado.Iba caminando cuando vi a unos chicos atrás mio, eran 2, uno era rubio y con algunos músculos, tenia una botella de cerveza en la mano, y el otro tenia el pelo castaño, era mas musculoso y tenia algunos tatuajes en el brazo, estaba fumando, ambos venían riendo. Después de unos 5 minutos mire hacia atrás para ver si aun venían atrás mio, y si seguían ahi, pero esta vez venían hacia mi, me miraban fijo mientras caminaban.

Comence a sentir musica y algunos gritos de varias personas, asi que estando asustada porque venían dos tipos atrás mio, me dirigí hacia donde se escuchaba la musica. iba cerca ya podia ver a varias personas --hola hermosa-- escuché que alguien me dijo, no supe cual de los dos chicos fue pero tampoco era algo que quisiera saber.. comence a escuchar silbidos que venían hacia mi, de vez en cuando me decían alguna grosería pero por mi parte estaba tratando de apresurar el paso y no mirar para atrás, esto me daba miedo, jamas me habían perseguido y yo no sabia nada de boxeo o algo asi, ni siquiera tendría la fuerza como para al menos golpeara alguno y que le duela lo suficiente, asi que solo comence a acelerar mas el paso. seguí caminando y ellos seguían atrás mio, me faltaban dos malditas cuadras para llegar a donde estaba toda aquella gente cuando siento que uno de los chicos intento agarrarme del brazo, enseguida que senti el roce sali corriendo, gracias a toda la adrenalina y el miedo logre correr mas rapido, es raro pero el miedo no logra paralizarme, al contrario, me hace reaccionar, me despierta. comence a correr mas rapido cuando vi que se estaban acercando a mi, ambos habían tirado la botella de cerveza y el cigarro, venían corriendo, tenia miedo, hace mucho tiempo no sentía miedo y que dos tipos vinieran atrás mio me despertó eso. Llegue a esa fiesta y intente pedir ayuda pero nadie me presto atención gracias a la musica y la borrachera que tenían, asi que no me quedo otra que seguir corriendo porque ellos seguían detrás de mi. Corri durante 5 minutos más, no sabia donde mierda estaba,me resultaban conocidas algunas casas pero nada más, casi me agarra cuando le pegue a uno de ellos y seguí corriendo, ya no sabia donde meterme, estaba cansada cuando por fin llegue a una plaza y habia un chico, estaba solo pero yo tenia miedo, asi que fui corriendo hacia él mientras le gritaba que me ayude, el chico se dio vuelta y .. mierda ! mierda! es Adrik, ME CAGO EN MI MIERDA! en cierta parte me alegraba verlo pero aun asi no podia ser otra persona? tenia que ser justo él?

NARRA ADRIK:

senti gritos de ayuda asi que algo alarmado me di vuleta y la vi... era Juliet, estaba aterrada, se veía todo el miedo que tenia en sus ojos, venia corriendo hacia mi, creo que no esperaba que fuese yo quien vio porque su cara era de sorpresa, pero se notaba que estaba más aliviada, al verla mire hacia atras de ella y vi como venian dos tipos atrás de ella, eran grandes y dos.. pero no eran boxeadores, no tenian ninguna pinta de saber boxear, asi que esa era mi ventaja, yo si sabia..

--ven aquí!-- le gritaban los dos chicos --ella no ira a ningún lado-- les dije mientras corría a Juliet hacia atras de mi, ambos se acercaron a mi intentando golpearme pero los esquive, le pegue a uno en la garganta lo que hizo que retrocediera y al rubio basto con darle en las bolas les dije que se fueran y eso hicieron en cuanto lograron recuperarse un poco, me di vuelta para ver a Juliet y se podia ver que aunque seguía teniendo miedo ya estaba más tranquila..

--gracias..-- dijo ella con una mirada pura y temerosa

--suerte que me encontraste-- le dije yo sonriéndole levemente

NARRA JULIET:

--no te estaba buscando, de hecho ni siquiera sabia que eras tu-- le dije sonando segura de mi como siempre --bueno tomare eso como otro gracias-- me dijo Adrik con la misma sonrisa de alivio.

--te acompaño a tu casa?-- me pregunto..--no yo ire...--dije suspirando, la verdad si quiero que me acompañe, podrían seguir alli aquellos tipos, pero no, siempre estúpida, le dije que no.. --bueno te acompañare igual--me dijo el, ohh gracias a dios, le regale una pequeña sonrisa y comence a caminar, el me siguio el paso.--como hiciste?-- pregunte algo desconcertada, es decir, fue impresionante, casi no se tuvo ni que esforzar. --bueno, tengo algunos secretos-- cuando me dijo eso yo solo le sonreí...--y que hacias a esta hora sola y por estas calles?-- pregunto algo nervioso.--caminaba hasta que bueno, tuve que correr-- respondi sonriendo.. estuvimos hablando hasta que llegamos a mi casa, cuando llegamos le ofreci agua o algo de beber pero no quiso.--bueno yo te dije que no me acompañaras y lo hiciste igual, asi que pasa auqnue sea a sentarte--le dije sonriente mientras abria la puerta, el me sonrio y entro detras de mi.

--hola mamá, el es mi amigo.. Adrik--dije sonriendo --un placer Adrik soy Rose, emm gracias por acompañarla, paso algo Juliet?--dijo mi mamá Adrik le sonrio como diciendo "tambien es un placer" --no mamá no paso nada, solo me lo encontre en el camino-- dije algo temerosa de que se diera cuenta, ella no podia saber, Adrik me miro y se dio cuenta de que le convenia cerrar la boca. estuvo en mi casa unos minutos hasta que decidio irse, me despedi de él y le agradeci por haberme ayudado y acompañado a mi casa y cerre la puerta.

mi madre me miro desde la cocina con una miarada picara mientras yo subia las escaleras, entre en mi habitación y apoyar la cabeza en la almohada fue suficiente para quedar mutada en mi cama.

capitulo8

Bueno como cada día a las 7 p.m comenzó a sonar la maldita alarma, me levante y me apronte, baje a desayunar.. cuando termine sali y fui camino al instituto, dos calles después de haber salido de mi casa alguien me grita --Juliet!-- miro hacia atrás y era Adri, pare de caminar y espere que el llegara hasta mi, luego seguimos caminando... --vives por aquí?-- pregunté --emm no pero para ir al instituto paso por estas calles--me respondió el algo nervioso,continuamos hablando hasta que llegamos al instituto ahí el se fue con uno de sus amigos.. Peter, el era alto, tenia el pelo oscuro y era bastante musculoso, cuando Adrik llego a su lado chocaron los puños y se fueron en dirección al campus, yo por mi parte estaba entrando cuando torpemente sin querer tropecé con una chica.. ella era alta, tenia el pelo castaño y un cuerpo muy bonito --lo siento no te vi-- dije avergonzada..--tranquila, a veces soy un poco torpe--me respondió con una sonrisa -- me llamo Haysel-- me dijo con una gran sonrisa..--Juliet, yo soy Juliet--dije amablemente --que clase tienes ahora?--pregunto --geografía y tu?--respondí --yo también-- me dijo ella.

conversamos un poco cuando al final decidimos entrar juntas a clase.. yo era simpática y ella también asi que se nos seria fácil forjar una amistad..

paso la clase de geografía y ella y yo salimos riendo, casi nos sacan de la clase todo por culpa de la risa... porque estabamos en clase cuando a Jennifer se le callo el chicle de la boca sobre el cuaderno, todos nos estabamos riendo pero Haysel y yo no dejamos de reírnos cuando el profesor nos lo pidió, aun asi logramos callarnos y continuo la clase. Al salir Haysel me invito a que vayamos al campus a jugar un partido entre nosotras, yo acepte.. no era fan del futbol ni nada pero quería pasar el rato y Haysel sabia como hacerme reír.

Fuimos al campus y estaba John con otra chica.. no se quien era pero no era Jennifer ni Lisa, aun asi ya no me importa,cada vez entendía más que John era un idiota asi que solo continue caminando con Haysel a buscar una pelota, cuando la agarramos dejamos las mochilas en los vestidores de chicas y nos pusimos a jugar, estabamos jugando a sacarla cuando se sentaron en las gradas Adrik y su amigo Peter.

estabamos jugando cuando Jennifer al ver que eramos la atención de todos los que estaban en el campus, comenzó a caminar hacia nosotras preguntándonos si podia jugar con nosotras, a ambas nos caía mal pero Haysel no sabia decir que no, asi que hable yo. --no, lo siento Jennifer estamos divirtiendonos, además tal vez se te cae el chicle aqui--dije con una sonrisa de victoria y seguridad, Jennifer se volvió loca, me miro con odio y por poco pense que se convertiria en caldera pero se fue antes de que yo viera eso. Adrik no me quitaba la mirada de arriba, era lindo saber que al menos el me miraba pero tambien era muy incomodo, sentia mucha tención.

Estabamos jugando con Haysel cuando ambas os enredamos los pies al intentar quitarnos la pelota la una a la otra, nos caimos y no pudimos evitar tentarnos de risa, estabamos tiradas en el suelo cuando el etrenador de lacrosse se nos acerco para pedirnos si nos podiamos ir porque su equipo necesitaba entrenar, Haysel y yo nos paramos y nos fuimos a las gradas a mirar como entrenaban los chicos.

Pasaron 4 días, las clases transcurrieron normal, iba con Adrik al instituto y alla yo estaba con Haysel, ella y yo ya eramos muy buenas amigas, ella a me habia contado muchas cosas de ella, me conto que su tia tenia SIDA y que ella a veces sufria de broncoespasmo, me costo mucho pero a la vez me hacia falta contarselo a alguien.. asi que le dije, le conte que yo tengo cancer, que los doctores dicen que lo engo casi superado pero que aun hay un poco, ella lo entendió y por suerte no sntio lastima, no tenia por que hacerlo pero la mayoria de las personas lo hacian. El fin de semana fuimos a una fiesta y casi terminamos desnudas en una fuente de tanto alcohol que teniamos arriba. Haysel habia llegado alegrarme, a ella le gustaba hablar de chicos en realidad de uno en especial, siempre hablaba de Peter, asi es, el amigo de Adrik, por mi parte le propuse que un día vayamos con Adrik y que el se lo presentase, cosa que le pareció genial, asi que el fin de semana habiamos quedado con Adrik y Peter de ir a tomar unos helados, Peter nos habia caido muy bien a ambas y Haysel ya tenia su numero, Adrik por su parte me caia cada vez mejor. Asi que asi pasaron los 4 días, pasaro rapidos, pero supongo que fue porque me había divertido tanto que no notaba el tiempo correr

capitulo9

Era lunes, ya tenia pensado todo lo que haría hoy... iría al instituto como cada día, luego iría al hospital por un chequeo para ver como va mi cancer y luego iría con Adrik al parque de diversiones..

me desperté y sali corriendo a aprontarme, cuando estuve lista sali camino al instituto, en el camino me encontre con Adrik asi que fuimos juntos, cuando llegamos quede en shock, estaba Haysel de la mano de Peter, ambos estaban muy cariñosos sentados en un banco asi Adrik y yo decidimos no interrumpir..seguimos caminando hacia la clase de literatura y nos sentamos juntos.. el día estaba raro, Adrik estaba muy callado y yo no me sentía muy bien, hoy al levantarme me habia visto algo pálida pero no le preste atención. Después de unos minutos llego la profesora y nos hizo hacer grupos de a 2 con la persona que teniamos al lado asi que Adrik y yo haríamos equipo juntos y Haysel lo haría con Peter. Teniamos que elegir un libro y hacer un resumen de que se trataba, teniamos que entregarlo en dos semanas asi que me tendría que juntar con Adrik para que leamos el libro y luego hagamos el bendito resumen..

--y bien que libro eligieron ustedes?-- pregunto la profesora al llegar a nuestra mesa. Adrik y yo nos miramos ya que aun no sabiamos cual..--bajo la misma estrella--dijo Adrik. mierda! justo tenia que ser ese libro? aun asi no dije nada que se supone que le diría "oh Adrik ese no, mejor elijamos harry potter, porque ese libro no me genera querer morirme, es decir tengo cancer y tengo que leer un libro en el cual las personas tambien tienen cancer" pero bueno no podia decirle eso asi que me calle. Termino la clase y note como Adrik me miraba algo raro, con una sonrisa pero a la vez triste como si esperara algo, pero aun asi no le di importacia.

NARRA ADRIK:

cancer... Juliet tiene cancer y no me habia dicho nada tal vez porque pensaria que la despreciaria pero, no, yo no soy asi.. si se que estuvo mal que eligiera ese libro pero..pense que asi me diria. Esa enfermedad no cambia el hecho de que ella es hermosa, ella no morira yo se que no.

NARRA JULIET:

terminaron las clases asi que me fui para el hospital, cuando llegue el doctor me atendió enseguida, despues de varias hora llego con resultados...--Juliet estás mejorando pero te has sentido bien estos días?-- pregunto algo desconfiado --no-- respondi, claro que estaba mintiendo pero, no queria decirle la verdad, no queria, asi que no lo hice..--Juliet estas superando al cancer, es normal que aun tengas malestares pero lo estas superando-- me dijo ya mas alegre. bueno la verdad no me alegra saberlo, quiero que dejen de decirme eso, hasta que no esten seguros de que YA NO TENGO CANCER no quiero que me digan eso, porque solo me hacen ilusionar, soñar un poco, y no quiero sentirme bien unos días, creer que todo mejora y de repente que mi mundo caiga abajo de nuevo, estaba harta de pasar por lo mismo mil veces, mi vida era un caos, yo amo a las personas que me rodean, yo me divierto, yo la paso bien, pero por dentro se que cada dia muero más, cada noche miro al cielo y veo las estrellas, alli me veo yo, alli hay luz, pero aqui, vaya donde vaya esta ese maldito vacio que me sigue a todos lados, haga lo que haga me siento muerta, no me encuentro.. esta no soy yo, no puedo dejar de pensar en la chica alegre que era, todo era rosa, tenia grandes sueños.. y ahora? solo sueño ser como una estrella.

despues de dos horas volvi a mi casa y me arregle para ir con Adrik al parque se diversiones, el me dijo que a las 8 p.m estaria en la puerta de mi casa, ya estaba lista solo quedaba esperarlo..

cuando llego me envio un mensaje y sali fuera, estaba en una moto, en una hermosa moto negra, me subi a la moto y no tenia niguna intención de sujetarme de él.. bueno.. tal vez si queria pero supongo que tal vez se sentiria incomodo, asi que no lo hice, pero Adrik con suma delicadeza me sujeto las manos y las puso en su cintura lo que hizo que yo quedara abrazandolo, sentia su vientre marcado, creo que se puso nervioso, se olian sus nervios a kilometros.. en mi cabeza yo solo estaba deseando bajarme de la moto, porque era un lindo momento pero.. yo también estaba nerviosa. Despues de unos minutos llegamos al parque se diversiones, bajamos de la moto y fuimos al barco, era una atracción que bueno pues.. tenia forma de barco y daba vueltas en el aire dejandote colgada allá arriba, en la cima..

yo estaba muy segura, las alturas no me daban miedo pero pude sentir los nervios de Adrik..

--tienes miedo?-- pregunte con una mirada picara --yo miedo?-- dijo cuando el barco estaba por empezar a girar,--ssi-ss-i mucho nos podemos bajar-- dijo nervioso cuando el barco comenzo a girar, cuando nos dejo arriba Adrik agarro mi mano y la apreto con fuerza, debo admitir que en ese moemto algo me recorrio todo el cuerpo, fue un nerviosismo pero fue lindo, fueron nervios lindos.. despues de quedar sorda por los gritos de Adrik bajamos. nos suvimos a un par de atracciones más y luego nos fuimos, Adrik me dejo en mi casa y yo despues de agradecerle entre.. pero no estaba todo bien, cuando fui a donde estaba mi madre sentada le pregunte si pasaba algo... --Juliet, tienes que alejarte de ese chico--me dijo mi madre, mi corazón se acelero a mil, no entendia por que mi madre querria que me aleje de algo que me hace bien.

--que mamá? que rayos dices? me costo mucho conseguis amigos como para tener que alejarme--dije algo nerviosa

--.Juliet tienes que alejarte! el no sabe cierto?--

--no mamá no tiene que saber no ahora, por que deberia decir-le,acaso nome pueden querer por que tengo cancer? no me alejare de él, no me alejare de mis amigos..-- dije ya con los ojos humedos

--Juliet cada día mueres! no lo entiendes?! que les diras a esas personas si un dia myueres? nada! porque no podras, solo los dejaras con una perdida!-- me dijo ella gritando y mientras sus lagrimas caian

--esto es como estar muerta.. --dije llorando y levemente

--tal vez deberia haberte desconectado...-- dijo ella casi susurrando al escuchar eso mi mundo cayó abajo otra vez, el cancer definitivamente me habia arruinado la vida, mi madre prefiria que yo estuviese muerta, que demonmios?!

yo solo lloraba, no podia hacer otra cosa

--Juliet lo siento! es que esto no es vida.. tengo miedo-- me dijo nerviosa

--yo no tengo miedo mamá..-- dije y me fui a mi habitación.

me acoste en mi cama a llorar por todo, y si mi madre tenia razón? y si tal vez debia alejarme de todos?

despues de llorar un par de horas me quede dormida

NARRA LA MAMÁ DE JULIET:

mierda no medi mis palabras, yo nunca, yo como podria querer que mi hija muera.. pero me duele demasiado que tenga esto, cada dia el mismo miedo de perderla, me da miedo que ella haga amigos, que pasaria si un dia la decepcionan? o si a ella le pasa algo y ellos no sabian? tengo miedo, una parte de mi sabe que todo estara bien pero la otra parte cree que algo lo arruinara..

despues de unas horas decido ir a hablar con Juliet, quiero pedirle disculpas...

subo a su habitación pero ella ya esta dormida, asi que me voy yo tambien a dormir, me acuesto y la verdad no dejo de culparme... hasta que me dormi.

capitulo10

Desperté a las 7 a.m como cada día, solo que hoy... no estaba con animos, no tenia ganas de nada, apenas podia soportar el peso de mi cuerpo, me pasaba la vida, me dolía hasta el alma.

aquellas palabras de mi madre no se iban de mi cabeza, me estaban carcomiendo, supongo que no pensó lo que decía pero, hay palabras que duelen, nunca habíamos discutido asi..

me levante y me arregle para irme, cuando estaba saliendo de casa senti como mi madre bajaba las escaleras, la estaba mirando mientras cerraba la puerta, tenia una mirada triste, llena de arrepentimiento, se podia ver desde lejos que ella tambien estaba afectada, ella me miro y quedo paralizada en la escalera, yo por mi parte cerré la puerta bruscamente y me fui, estaba llendo hacia el instituto cuando sin notarlo se me cayeron un par de lagrimas

NARRA ADRIK:

pase por la casa de Juliet a buscarla para irnos juntos como cada día pero no estaba, asi que supuse que ya estaría de camino, y asi fue.. ya que unas dos cuadras más adelante la vi, no se veía igual que siempre, ibamos al mismo ritmo pero en diferentes veredas, creo que no me noto.. tal vez no me vio. iba a esperar a que ella me viera para acercarme pero entonces lagrimas cayeron de sus ojos, diablos, Juliet estaba llorando. tenia una mirada triste, demasiado, pero aun asi en sus ojos podías ver la misma luz misteriosa de siempre. no me gusto nada verla llorar, era como si mi mundo se cayera cada vez que de ella caían lagrimas.. Juliet me gustaba, ella era unica, no podia verla llorar, asi que corri a ella sin siquiera mirar si venia un auto, cuando llegue a ella, Juliet se limpio rápidamente la cara y puso su mejor sonrisa como si nada hubiese pasado.. supongo que asi era ella, siempre demostraba alegría, tal vez se encontro mal una mil veces a mi lado, pero su sonrisa te hacia creer que estaba feliz..

..Juliet no, no tienes que hacer eso..--le dije tranquilamente refiriéndome a como ella intento disimular su tristeza. ella me miro y solo quito la sonrisa de su rostro poco a poco mientras bajaba la cabeza, yo no sabia que hacer.. debía abrazarla o darle su espacio?

--no estoy haciendo nada-- respondio ella con la voz algo cortada, volviendo a sonreir.

--Juliet conmigo no tienes que hacer eso...te vi, te vi llorar--dije levemente mirandola a los ojos

NARRA JULIET:

diablos, ya ni siquiera puedo llorar tranquila..que se supone que le debo decir "oh Adrik anoche discuti con mi mamá y pues dijo que preferia que yo estuviese muerta"

--no estaba llorando--dije mientras mis ojos se cristalizaban. en Adrik se podia ver su preocupación.. creí que me diria algo pero.. solo me abrazo, hace mucho tiempo no sentia esa calidez en un abrazo, sentia su corazón later rapidamente y su respiración en mi cuello, sus manos sostenian mi cintura con mucha delicadeza. quede paralizada, nunca espere eso de él, de nadie.. hace tiempo no resivia abrazos, ya ni siquiera recordaba que se sentia.

Adrik estaba desperanto cosas en mi que nunca pense que podria sentir.

le devolvi el abrazo, y despues de unos 5 minutos nos separamos.

--no ire a clases-- le dije alejandome de él mientras comenzaba a caminar en dirección a la playa. --tal vez te gustaria algo de compa ñia..--me dijo el con una leve sonrisa mientras comenzaba a caminar a mi ritmo.

llegamos a la playa y nos sentamos en la arena, frente al agua pero no demasiado cerca, para no mojarnos, se sentia una linda brisa, el sondo de las olas... me sentia bien, con tan solo tener a Adrik a mi lado conseguia olvidar mis problemas, lo que tanto me atormentaba.

la marea comenzaba a subir y casi nos moja una fuerte ola, asi que me pare riendo mientras me alejaba de alli, Adrik hizo lo mismo que yo... cuando estabamos caminando empuje a Adrik suavemente hacia el agua, solo para molestarno, aun asi, no era para que caiga. él me miro con una sonrisa picara --oh no puedo creer lo que hiciste, ya veras--dijo riendo mientras comenzaba a correr para atraparme. estaba corriendo cuando comence a sentir una falta de aire, cmence a ver algo borroso y a sentirme mareada, asi que me detuve tocando mi cabeza. Adrik lo noto se veia en sus ojos que noto como mi expresion cambio, as que tambien se detuvo..--estas bien?--pregunto Adrik preocupado, eso fue lo ultimo que escuche..

NARRA ADRIK: estaba cayendo, Juliet se estaba desbaneziendo, asi que corri a agarrarla ya muy asustado, la senti en mis brazos y la levante delicadamente, con miedo.. corri con ella en mis brazos hasta que llegue a la calle y ahi comence a pedir ayuda, un señor ya mayor se me acerco y llamo a la ambulancia, no tardo en llegar..

los medicos me dijeron que la acueste en la camilla y eso hice, los vi subir a la ambulancia con ella y sin pensarlo tambien entre yo.. --estara bien?--pregunte alterado..--si, si lo estara, pero debemos llegar rapido al hospital--me respondieron los medicos mientras le ponian algo de oxigeno.

llegamos al hospital y bajaron rapido, la llevaron a una sla y ya no pude ver más.. no me dejaron pasar. me sente en la sala de espera pero me pare enseguida y comence a caminar por los pasillos esperando que alguien salga a decirme algo. despues de unos 5 minutos se me acerco un medico a preguntarme si yo era familiar cercano de ella , les habia dicho que no cuando se acerca un medico que venia corriendo--yo la conozco, ya llame a su madre-- dijo antes de entrar a la sala en donde habian llevado a Juliet.

el maldito cancer de Juliet la estaba matando, que se supone que debo hacer? decirle que ya se que tiene cancer? pero y si me pregunta como lo se.. que le dire? "bueno emm Juliet queria saber más de ti asi que le di un vistazo a tu exepdiente que esta en el despacho del director" demonios, no debi haber agarrado aquel expediente.

despues de al menos 2 horas salieron los medicos y llego la mamá de Juliet, estaba asstada, aterrada.. se acerco a los medicos yellos le dijeron que estaba bien, la mamá de Juliet se acerco a mi con algunas lagrimas

--gracias, gracias Adrik, por traerla aqui--me dijo mientras lloraba nerviosa.

--esta bien?-- pregunte...

--si, si lo esta-- me dijo secandose las lagrimas

--yo, yo, emm, ella y yo ayer discutimos, muy fuerte, dije cosas que no debi haber dicho y.

capitulo11

Pas,aron 2 días.. ya estaba en mi casa, me sentía decepcionada, no entendía por que los medicos me habían dado esperanzas si al final paso eso..

que se suponía que le diría a Adrik ahora? de seguro tendría muchas preguntas, pero.. me habrá ido a visitar al hospital? supongo que no, ya que no lo había visto pero.. quizás si estuvo ahi.

no quería ir al instituo no porque me sintiese mal o algo asi... sino porque no quería verle la cara a Adrik, no quería darle explicaciónes.. no quería que comenzara a sentir lastima por mi. pero como siempre, para empeorar las cosas dede mi punto de vista apareció mi madre, entro a mi habitación, se veía apenada, creo que no habia estado durmiendo bien..

--Adrik vino a verte, deberías escucharlo..-- dijo ella algo cansada --no quiero, dile que estoy dormida--le respondí mientras mantenía mi mirada fija en un punto que no era ella.

--pero de ver..-- no pudo terminar la frase cuando la interrumpí --no.. ya vete..-- dije con firmeza. ella bajo la mirada y soltó un pequeño suspiro --no me creerá-- dijo mientras cerraba la puerta de mi habitación.

cuando me dejo sola senti un fuerte dolor en el pecho,no, no era por el cancer o algo asi.. solo que me dolía el alma, la vida... el corazon. se me comenzaron a cristalizar los ojos, cuando comence a llorar, que se suponía que haría ahora?.me levante de la cama y comence a llorar aun mas fuerte, comence a tirar todas las cosas que me encontraba en el camino, los libros que estaban en un estante, los lápices y cuadernos que estaban sobre un hermoso escritorio blanco, llegue a la cómoda y encontre una foto, era yo de pequeña.. tenia una hermosa sonrisa en el rostro, me veia feliz... --tambien tire esa foto-- puse lasa manos sobre mi cabeza y grite entre llantos, grite por todas las cosas que no habia gritado antes, llorepor toda la mierda que me estaba pasando, llore por el cancer, llore por mi madre.. llore porque no podia más.. llore de impotencia, llore porque me sentia enojada conmigo misma, porque me queria rendir, queria tan solo rendirme, liberarme, llore porque tal vez mi madre tenia razon y si me hubieran desconectado aquel día no estaria pasando por esto. grite.. grite y grite, sin pensar en nada mas que en mi, en mi mierda.. solo gritaba y lloraba.. diablos, parecia una loca que acababa de esacaparse de un maldito manicomnio.

NARRA MAMÁ:

baje a decirle a Adrik que aun no queria hablar con él.. pero el insistio, me pidio que por favor le dejara pasar, yo si queria.. queria que el entrase, que estuviera ahi pero..basta, tal vez ella me odie por esto pero lo necesita, necesita a Adrik.

--estab bien, escuchame ire a caminar solo dile que lo siento..--le dije a Adrik con la cabeza baja. --gracias..--me dijo el con una sonrisa desanimada

estaba saliendo cuando comenzamos a sentir caer cosas de su habitación, me asuste..sentimos sus llantos, sus gritos.. yo queria ir con ella, perono podia, sabia que se estaba desahogando, asi que segui.. mientras salia comence a llorar, me sentia la peor madre del mundo..me sentia mal, por que diablos justo ella tenia que pasar por estas cosas?... no lo entendia..

segui caminando hasta que pare en un parque.. me sente en unos de los bancos que estaban algo ocultos y apoyé mis codos en mis rodillas,mientras solo lloraba.

tenia la esperanza de que Adrik fuese quien la salvara, no del cancer.. sino de ella, de todos los demonios que la atormentaban.. de ella misma

NARRA ADRIK:

La mamá de Juliet ya se habia ido.. aun seguia escuchando los llantos de Juliet.. no sabia que hacer, si debia dejarla sola o entrar, pero fui a por la segunda opción, asi que subi corriendo las escaleras y entre a su habitación, entre sin tocar, sin pensar en nada mas que estar alli con ella..

cuando entre la vi, estaba tirando las pocas cosas que aun quedaban sobre su escritorio, su cara estaba empapada en lagrimas, de verdad estaba mal..

entre y incnte detcnerla pero ella ni siquiera noto que habia entrado, asi que me acerque apurado hacia ella y la rodie con mi brazos, ella seguia intentando tirar las cosas, pero con mas fuerza camine hacia atras aun con mis brazos rodeandola

--Juliet basta!-- le dije mientras mis ojos se humedecian, ella no se detenia, yo la estaba agarrando con fuerza, si la soltaba porbablemente rompa todo, tal vez hasta mi cara..

--Juliet!!-- volvi a decir mientras una lagrima cayo de mi rostro

Juliet de detuvo pero de su rostro aun caían muchas lagrimas, en su rostro notabas que estaba mal, si lo se, era muy obvio que estaba mal, pero en su rostro lo notabas enserio, su mirada perdida, triste, afligida...

ella se detuvo y solo comezo a caer en el suelo, estab sentadose, aun la esucchaba llorar, a medida que ella iba agachandose yo me agachaba con ella, ya que tenia aun mis brazos agarrandola, y ahora tenia que sostenerla porque si la soltaba probablemnte se caia al suelo de lo mal que esta, realemente nunca habia visto a alguien estando en este estado, apenas podia con su cuerpo, apenas mantenia sus ojos abiertos, su sonrisa no estaba, seria estupido esperar que sonria peroera como si notaras que hace mucho no sonreia de verdad, esta era Juliet, no la Juliet que intena ocultar esto con un maldita sonrisa... esta es Juliet una chica sufrida, rota, que en realidad nunca se enamorara de mi, tiene tanto dolor dentro que no creo que asi quera quererme, pero lo intentare, estare con ella, la voy a ayudar, porque muero por ver su sonrisa real, muero ver sus ojos brillando de alegria.. muero por ella.

NARRA JULIET:

y aqui estaba él, detras de mi sosteniendome en el piso.. no se que hacer, como reaccionar, no puedo creer que me haya visto en este estado, jamas deje que nadie me viera llorar, la unica que me habia visto con lagrimas era mi madre y muy pocas veces, pero Adrik.. el me habia visto mucho peor que teniendo solo unas lagrimas, me habia visto rota

no pude aguantar y bruscamente me di vuelta haciendo que quedraamos frente a frente, puse sentir su mirada sobre mi pero yo.. yo no lo vi, no pude verlo.. ni siquiea tuve tiempo porque en cuando me di la vuelta lo abrace, lo abrace como si nunca hubiese abrazado a nadie, lo abrace como si hace mucho tiempo esperara un abrazo, como si fuera mi cura, lo abrace como si fuera lo unico con lo que me sentia protegida, lo abrace con tantas fuerzas que no podia creer que estuviese haciendo esto, yo no era de dar abrazos pero siempre necesitaba uno.

Adrik me respondio a ese abrazo y se aferro a mi tanto como yo a él, pude sentir como si encontrase algo en mi, me senti portegida.. senti algo que hace tiempo no sentia, senti que por primera vez desde hace mucho tiempo todo estaria bien. senti como algunas partes de mi alma se unieron, como si partes de mi sanaran, senti como si aqui fuese donde pertenecia, en sus brazos. de repente sin darme cuenta habia dejado de llorar y estaba sonriendo, demonios.. por que sonreia?.. incocientemente estaba sonriendo, no entendi por que pero fue lindo, fue algo sincero.. fue real, esa sonrisa habia sido real, wooow, yoo estaba sonriendo? eso si fue algo que me algero.

ese abrazo me hizo olvidar todas las preocupaciones con Adrik, olvide que teniamos que hablar, olvide que habia hecho mierda mi habitación y de alguna manera olvide la rabia que habia sentido cuando Adrik me vio asi, olvide los miedos.. me senti segura, senti como si la muerte se alejara, como si los pedazos rotos de mi se volvieran a unir, como si todo empezara a mejorar.

estuvimos rato asi, abrazados... hasta que Adrik hablo:

--ya lo sabia Juliet..-- dijoel sonando sereno, yo me separe de él y me puse de pie, el tambíen se paro y quedamos frente a frente..

--que cosa?--dije descolocada

--que estas enferma..-- respondio

--como? como sabias?-- dije algo asustada

--revise tu expediente.. yo yo lo siento Juliet pero queria conocerte y con lo que..-- me dijo hasta que lo interrumpi

--que tu que?! como demonios te metes a revisar mi expediente Adrik!--dije alterada

--Juliet dejame habla..-- lo volvi a interrumpir

--no Adrik! te metiste en mi vida privada, diablos como mierda quieres que reaccione!? solo vete de mi casa!--le dije sonando muy firme, mis ojos estaban volviendose a cristalizar, toda la magia de aquel abrazo habia acabado.. Adrik me miraba avergonzado mientras caminaba hacia la puerta para irse...-- lo siento-- dijo desanmado

cuando Adrik se fue me quede ahi plantada en el medio de la habitación intentando procesar todo lo que habia pasado, me sentia tracionada.. pero a la vez una parte de mi queria sentirse bien por que a el no le importo que estuviese enferma, no tenia espacio para teerme lastima.. supongo que eso me reconfortaba pero aun asi, no entendia por que habia revisado mi expediente..

capitulo12

Al otro día las cosas estaban mas calmada en mi mente asi que decidi despertarme a las 5 de la madrugada, para poder ordenar mi habitación y a las 7 irme al instituto, porque debia hablar con Adrik, me sentía traicionada pero el era como un angel que corría a mis demonios, era quien lograba salvarme poco a poco, nunca me habia pasado esto con alguien, y no quería que sea la ultima vez.

habia terminado de ordenar, todo habia quedado impecable, mire la hora y eran las 7, llegaría tarde a clases pero no importaba, iría de todas formas, asi que agarre mi mochila y sali corriendo de mi casa, iba corriendo, mis piernas ya me dolían de tanto correr y mi respiración era agitada, iba cruzando la calle cuando venia un coche, el me vio y se detuvo, yo lo mire y seguí corriendo mientras le gritaba una disculpa, llegue al instituto y me dirigi a la clase de literatura, ya que era la asignatura que me tocaba ahora, golpee la puerta y la profesora me permitió pasar

--llegas tarde-- me dijo con una enorme cara de culo, yo solo le mire y me adentre a la clase, mire hacia mi asiento que estaba en el fondo y vi la cara de asombro de Adrik, lo mire y algo dudosa pero segura me senté a su lado, pasaban los minutos y ninguno delos dos decíamos nada, hasta que rompí el silencio

--elegiste el libro de "bajo la misma estrella" a propósito?-- le pregunte sin mirarlo, pero note como el si me miro --si, tenia la esperanza de que asi me lo dijeras..--me dijo mirándome con dulzura, yo lo mire y no hice ningún gesto, estaba seria, bueno normal en mi tenia una gran cara de ojete.

sono el timbre y me pare rapido, sabia que si iba a las gradas Adrik venia conmigo asi que me dirigí hacia alli, senti como el venia detrás de mi, solo nos separaban dos malditos metros...

cuando llegue al campus senti un golpe, como si alguien hubiera caído al piso y si, habia caído, mire detrás de mi y alguien le habia puesto el pie a Adrik hacindolo caer.

comencé a dirigirme hacia John quien estaba al lado de Adrik porque fue él, el idiota que lo habia hecho caer, me pare frente a frente con John y con una mirada de seguridad le di un cachetaso, no lo pense.. solo lo hice, el golpe de la cachetada sono basnate fuerte, John me miro con una cara llena de maldad y se fue, sus amigos me miraban con una cara llena de odio.

me di vuelta para ver a Adrik y pude ver que el estaba asombrado, probablemente él creia que estaba enojada, asi que me acerque a el y le extendi mi mano, el la sostuvo von firmeza y seguridad, nuestras miradas se unieron seguras, el se puso de pie y aun seguian juntas nuestras manos, lo solte y le dije:

--explicame..quiero entender--

--podemos sentarnos y alli te digo todo?-- me dijo él, yo asenti y camine hacia las gradas.

nos sentamos alli y el comenzo a hablar

--un dia estaba en el baño porque bueno, me estaba menado.. ya sabes. cuando escuche a John decirle algo a un chico, creo que era Luke el chico alto y delgado que a veces le hace favores a cambio de algunas drogas..--

--Luke? no tiene pinta de drogadicto-- le interrumpi

--las apariencias engañan, bueno el caso es que John estaba pidiendole que le traiga un expediente, no entendia por que queria un expediente o de quien hasta que luke le dijo "para que rayos quieres el maldito expediente de Juliet?", yo no lo podia creer, no entedia para que lo que queria pero entonces John le dijo " hay algo de ella que no me cierra, es decir, falto a clases un año y cuando vino se veia algo palida", " es solo curiosidad" le volvio a decir John. espere a que ellos se fueran y sali del baño, fui directo a buscar a Luke, debia estar en la bibloteca como siempre asi que me dirigi alli, y si, estaba en uno de los pasillos buscando un libro post apocaliptico, me acerque a el y lo tome de la remera, le pregunte que le daria John a cambio de tu expediente y entonces Luke me lo dijo, droga. le dije que si el me lo entregaba a mi y no a John le daria 300 dolares y claramente el acepto.."y tu para que quieres elexpediente }" me hbai preguntado el, entonces yo le dije que para que John no lo tuviera. al otro día Luke me dio tu expediente y yo le etregue los 300 dolares..--

--y tu para que querias mi expediente? es decir solo pudiste haberle pagado para que no se lo diera a John-- le dije volviendolo a interrumpir.

--porque John le pagaria a alguien más para que lo busque, entonces serialo mismo, pero si yo me lo quedaba 1 semana el dejaria de buscarlo..Juliet yo sabia que estabas enferma, o al menos lo sospechaba bastante.. solo que no sabia exactamente de que, asiq ue cuando tuve tu expediente en mis manos quise ver y bueno si tenias algo..

--pero aun asi no te importo..- le dije algo confundida, todo lo que el me habia contado me habia dejado estuprefacta es decir, jamas me habia imaginado eso

--Juliet yo no sentire lastima por ti si es a lo que te refieres, tu eres una chica, queria que fueses mi chica aun sin saber lo que tenias y quiero que seas mi chica aun sabiendo lo que tienes

mierda mierda! no puedo creer lo que acaba de decirme, estoy demaciado emocionada, no se ni siquiera como mierda reaccionar, diablos por que me emociona..

basta Juliet admite que te gusta

no, no me gusta

maldita conciencia.

+++

yo lo mire y le sonrei, no sabia por que mierda le habia sonreido, pero le sonrei incocientemente

--gracias..--le dije algo insegura mientras volvia la mirada hacia el frente

--bueno... Juliet no te gustaria ir a cenar a mi casa esta noche?-- medijo el con un tono de caballero mientras hacia de cuenta que se sacaba un sombrero invisible

yo le solte una pequeña risita y dije: --estas chantajeandome?--

--esta funcionando?-- me dijo el con una sonrisa picara que dejaba ver sus hermosos y perfectos dientes blancos, solo faltaba que se le iluminaran y listo, era como un maldito dios zeus

--oh si, diablos si esta funcionando-- dije yo entre algunas risas y una mirada picara

--te recogere esta noche a las 8- me dijo el mientras se iba

un momento dijo que te re cojeriaaa Juliet

ohh ohh maldita conciencia, solo apareces a joderme.

estuve alli unos minutos más hasta me fui.

capitulo13

Llegue a mi casa después de clases y me dirigí a la habitación de mi madre, necesitaba hablar con ella, que me ayudara a elegir algo bonito, que se riera.. necesitaba tenerla de vuelta.

desde aquella discusión ninguna de las dos habíamos mantenido una conversación de mas de 3 minutos y si lo hacíamos solo era para discutir.

fui a su cuarto y estuve mas o menos media hora hablando con ella, habíamos aclarado las cosas, ellas estaba verdaderamente arrepentida de lo que habia dicho y yo aun estaba afectada, pero ya no, por fin estabamos bien. le conte que Adrik me habia invitado a cenar con él..

--en su casa?-- pregunto ella media alarmada

--si-- respondí, al ver su cara no pude evitar soltar una pequeña risa --estará su familia tambien-- le dije haciéndole saber que no pasara nada

--en ese caso esta bien-- me dijo ella sonriendo

le agradecí, y ambas corrimos a mi habitación a buscar algo que ponerme... despues de mucho rato decidimos que debia ir arrgelada pero casual asi que me puse un jean azul oscuro y un buzo blanco liso, junto con una chaqueta de jean y unos championes normales, el cabello me lo habia dejado suelto, natural, me habia puesto algo de perfume y estaba lista..

miramos la hora y ya eran casi las 8:00 asi que bajamos y me sente a esperar que viniera Adrik, exctamente a las 8:00 Adrik toco la puerta. me despedi de mi madre y sali junto con él, el habia venido e su hermosa moto negra asi que espere a que el subiera, luego me subi yo y sin dudarlo lo abrace, sentia su vientre duro.. mm mucho gimnasio Adrik, él se tendo un poco pero luego quedo en calma. encendio la moto y nos fuimos .

llegamos a su casa despues de unos 5 minutos y ahi surgio mi duda.. ante sde que entremos le dije:

--Adrik tu no vivies cerca de mi casa... por que..-- no termine la frase cuando el me interrumpio

--porque vale la pena caminar más solo para pasar algo de tiempo contigo--me dijo muy seguro de sus palabras mientras me extednia su mano para que entremos a la casa.

este chico era hijo del diablo y sobrino de zeus! tenia el cuerpo de un dios y el alma de un poeta, era perfeccion, era todo lo que queri.. mierda mierda, bueno es hora de admitirlo, Adrik me gusta, Adrik me encantaaa.

--eres poeta?-- le pregunte sin pensarlo mirandolo fija y seria a los ojos.

--si, bueno, soy muchas cosas.-- me aseguro el con una gran sonrisa.

yo tome su mano y entramos a su casa, sus padres habian salido a cenar a un restaurante ya que era su aniversario pero su hermano estaba en la casa asi que comeriamos con el.

estabamos en la cocina cuando llego su hermano..

--hola hermanito--dijo en un tono burlon y algo desagradable, luego me miro a mi y su rostro se torno algo sorprendido.. ..oye tu, tu eres la chica a la que casi atropello el otro día-- me dijo con una sonrisa malevola

mierda, me podia pasar algo peor que esto? bueno mejor me callo porque quiza me cae mierda del cielo.

Adrik lo miro sorprendido y yo por mi parte me tape la cara como demostrando mi torpeza y me rei.

--soy Alex-- me dijo estrechando su mano --bueno Alex soy Juliet-- dije levantando la barbilla con ua voz fingida, el me sonrio y miro a Adrik.

Adrik por su parte estaba poniendo la bandeja con pollo y papas en el horno.

--huele bien--le dije despues de unos minutos al notar toda la tención que habia en el ambiente

Adrik me miro y me hizo una pequeña sonrisa .. --ven te enseñare la casa-- me dijoen un tono amable, empezamos a caminar y Alex fue al sillon a poner un programa de peleas

llegamos al cuarto de Adrik y entramos, el se sento en la cama y fui directo a ver la gran colección de libros que tenia, tenia algunos libtos de shakespeare asi que aproveche para matar el silencio y le dije:

--bueno ya veo de donde sacas tus palabras tan poeticas--

--a veces leo pero... bueno em.. quiza tengas razón-- me dijo sonriendo

segui explorando su cuarto cuando encontre una caja de cigarrillos.. --fumas?-- le pregunte

--a veces, cuando leo-- me respondio él

desoues de un rato bajamos a la cocina ya que habiamso empezado a sentir un olor que indicaba que la comida estaba lista. Adrik saco la bandeja del horno y yo ayude a Alex a poner la mesa, el me caia bien, de vez en cuando era algo impulsivo pero era un buen chico, tenia 17 años y tenia el pelo negro, alborotado, sus ojos eran grices y su cuerpo bueno.. demostraba que se pasaba horas en el gimnasio.

cuando estaba todo listo nos sentamos a comer pero entonces paso algo.. como siempre nada podia ir tan bien, maldita sea.

Adrik se desmayo, cayo al piso y enseguida yo y Alex fuimos hacia él, Alex llamo a una ambulancio y yo apoye su cabeza en mis piernas- para que no quedara en el duro y frio piso.

la ambulancia no tardo mucho en llegar, sentimos las sirenas y Alex salio corriendo a abrir la puerta, los medicos lo subiern en la camilla y no dejaron que ninguno de nosotros se subiera, asi que Alex y yo salimos corriendo en busca de su auto, cuando la ambulancia arranco Alex comenzo a conducir detrasde ella, ibamos rapido, bastante, ambos estabamos tensos, no entendiamos por que mierda no dejaban que subamos.

llegamos al hospital y bajamos disparados, vimos como los medicos se lo llevaban a una sala y fuimos detras de ellos pero no nos dejaron pasar,a los 5 minutos vino una enfermera:

--él no ah estado comiendo bien, se esta engripando..--dijo la enfermera como si tratara de ocultar algo más

--ya podemos pasa?-- dijo Alex, la enfermera asintio y pasamos a verlo, Adrik estaba poniedose su chaqueta ya que le habian dado el alta, porque solo era una gripe.

yo sin pensarlo fui hacia él y lo abrace --me asustaste idiota!-- fue lo unico que salio de mi boca

--estoy bien-- dijo el mientras respondia mi abrazo. luego nos separamos y salimos los 3 hacia donde estaba el auto, en ese momento vimos a Peter llegar corriendo hacia nosotros, se acerco a Adrik y lo abrazo --gracias por avisarme-- le dijo a Alex, él asintio y Alex y yo seguimos caminando

--De verdad crees que esto sea una simple gripe?-- pregunte dudosa

--no-- respondio Alex de manera seca y segura

llegamos al auto y esperamos que Adrik y Peter llegaran, luego me dejaron en mi casa y siguieron, llegue, estaba exausta, habia algo que nomme cerraba bien es decir eso no podia ser una simple gripe asi que habia decidio que mañana iria al hosptial. entre en mi habitación y fue suficiente con apoyar la cabeza en la almhoada para caer en un sueño profundo.

pero.. a las 4 de la mañana desperte por culpa del mismo y estupido sueño de siempre.

capitulo14

Me desperté al otro día, lista para ir al instituto asi que me levante y me arregle, luego sali caminando lentamente, caminaba lento porque esperaba encontrar a Adrik pero, no apareció, no apareció ni en el camino ni en todo el día.. asi que lo llame para saber si estaba bien, pero tampoco respondió.

terminaron las clases y yo seguía algo preocupada asi que antes de irme al hospital fui a buscar a Peter quien de seguro seguía en el campus junto con Haysel.

fui al campus pero no estaban, ninguno de los dos, los busque por todo el instituto pero no estaban.. asi que solo me dirigí al hospital.

cuando llegue vi que no habia mucha gente, todo estaba silencioso, al parecer hoy nadie tenia animos de nada porque las pocas personas que habían tenían c¿unas caras terribles.. bueno si vienes al hospital se que no sera a reír pero estas personas se veían verdaderamente mal...

iba caminando hacia la sala en donde atendieron a Adrik ayer para ver si encontraba a la enfermera pero..justo ahi vi a Haysel ir hacia el otro pasillo, iba con dos cafés en la mano y su cara era de tristeza.. asi que sin dudarlo fui hacia ella

--Haysel!-- le grite, ella se detuvo y me miro con mucha tristeza..

--Juliet..--dijo en casi un susurro y con sus ojos húmedos...

ella se acerco hacia mi y me abrazo.. yo no entendía, que demonios estaba pasando, pero entonces crei a ver visto a Peter a lo lejos, me asuste, mi respiración comenzaba a ser agitada y mis ojos habían empezado a humedecerse

--que haces aqui?-- pregunto ella serenamente con una pizca de preocupación en su mirada

--yo vine a... vine a hablar con una enfermera y tu que demonios hacen tu y peter aqui?-- pregunte algo miedosa pero entonces mi pregunta tuvo una respuesta que no fue dada por mi amiga Haysel.. mire hacia el fondo del pasillo y vi como pasaban rapido unos medicos con alguien en una camilla, y lo vi, vi a Adrik, era él.. sali corriendo sin pensarlo

--Juliet!!-- me grito Haysel, pero no la escuche, al final del pasillo doble a la derecha pero entonces unos fuertes brazos me agarraron, era Alex y a su lado estaba Peter, me cayeron un par de lagrimas mientras intenaba hacer que Alex me suelte para ir tras Adrik, pero.. al ver que no podia me detuve y me agarre la cabeza moviendome de un lado a otro..

--por que no me dijeron nada!? que mierda le paso?!-- les dije a ambos asustada y muy enojada al mismo tiempo

--el no queria..--me dijo Axel

--Juliet Adrik esta enfermo, por eso no come, por eso los desmayos-- siguio Peter

--el tiene..--decia Alex hasta que lo interrumpi --cancer.. tiene cancer cierto?-- les pregunte mientras losmiraba a ambos --co..como lo sabes?--pregunto Peter..

--bueno.. digamosque a mi me pasolo mismo cuando me lo diagnosticaron-- dije mietras agachaba la mirada ...

ambos quedaron en silencio, no lo podian creer, estaban intenado porcesar todo.

--que les dijeron? --pregunte

--lo van a operar, porque al parecer pueden quitar una gran parte del tumor y luego empezara con la quimio-- me dijo Peter

en ese momento me fui, me di vuelta y comence a caminar hacia la puerta

--Juliet..-- me dijo Haysel mientras iba a intentar pararme, hasta que Peter la detuvo --solo avisenme cuando sepan algo-- dije mientras caminaba

sali fuera y llegue a un almacen, compre una caja de cigarrilos y sali fuera.. ironico no? tienes cancerpero fumas.. bueno en esos momentos me importo una mierda mi cancer, me mporto una mierda morirme y me importo mil hectares de mierda todo. el cancer me estaba quitando todo, me habia quitado mi vida, mi vida feliz, me habia quitado todo lo bueno que le veia a la vida, me habia arrebatado mil sonrisas y me habia quitado sueños, el maldito cancer me lo habia quitado todo y ahora me estaba arrebatando la unica cosa que me queda, la unica persona que me hace bien, tambien me la esta quitando.. asi que con mucho coraje encendi ese maldito cigarrillo y lo apoye entre mis labios, tenia tanto coraje que ni siquiera tenia lagrimas, no podia llorar, queria, pero no tenia lagrimas...me habia sentado en un banco que habia enfrente al hospital, en la otra calle.

estuve minutos asi, tire un cigarillo y encendi otro, despues de un par de horas Alex se sento a mi lado y me agarro un cigarrillo de la caja y lo encendio --esto es una maldita mierda-- dijo con mucho coraje mientras intenaba disimular sus ojos cristalinos. --te han dicho algo?--le dije

--ya salio, esta descansando, aun no permiten visitas-- me respondio

ya estaba de noche, era logico que ya haya salido de esa operación... me estaba levantando para volver a entrar al hospital, tire el cigarillo y comence a caminar.. Alex vino a mi lado..

--aprovechalo mientras esta.. medijeron los medicos que no durara mucho-- me dijo Alex, sus ojos estaban humedos, pude ver lo mucho que le dolia, sabia que queria llorar pero estaba siendo fuerte, estaba guardandoselo todo, y eso no podia pasar.. una vez que empiezas a guardarte todo no paras, todo se te va acumulando en el alma, se convierte en insomio, en depresion, vicios, se convierte en destruccion, en un mosntruo listopara comerte. no me gustaba ver a las personas ocultar y hacer mil esfuerzos por no llorar por no hacer notar que les duele, no queria que Alex guardaraesas lagrimas, no es que quisiera verlo llorar pero.. un dia iba a explotar, un dia se romperia de tantas cosas acumuladas y ese día podria hacer cualquier locura..

--un dia.. explote, un dia me rompi y comence a destrozar cada cosa que habia en mi habitacón, llote y grite todas las cosas que me venia guardando, cada lagrima, cada cosa que se habia acumulado en mi con el pasar del tiempo, ese dia llego tu hermano, yo, yo no queria verlo asi que le pedi a mi madre que le dijera que dormia, pero mi madre no lo hizo, ella se fue y dejo a tu hermano en la casa, le permitio estar ahi conmigo, yo pensaba que ambos se habian ido y fue ahi cuando explote, Adrik sintio todo desde abajo, tardo pero entro, el solo me abrazo y se quedo ahi hasta que todo acabo, no te haces una puta idea de todo lo que su abrazo hizo, no se como hare el dia en sus abrazos no esten...si el no hubiese estado ahi ese día, ta vez hoy ni siquiera yo estaria aqui.--le dije a Alex mientras caminabamos hacia la puerta del hospital.. el me miro, me observo con cuidado, sus ojos estaba bastante cristalinos...

--Alex esta bien que llores, llora si tienes que hacerlo, grita, tompe todo si quieres, pero no lo guardes, porque no quieres cargar con eso..-- le dije sonando algo insegura de mis plabras

--es mi hermano Juliet..-- me dijo mientras comenzo a llorar --que haria yo sin él-- volvio a decir mientras se aferro a mi en un fuerte abrazo, sus lagrimas caian de a litros

--el aun esta qui..-- le dije casu en un susurro --y esta esperando que vayas a ese maldito cuarto de una vez y apoyes tu culo a su lado-- le dije con firmeza --gracias..-- me dijo él mientras se separaba de mi y comenzaba a correr hacia la sala donde estaba Adrik, lo dej<ron pasar y estuvo horas con él..

los padres de Adrik llegaron despues de unas horas, habia mucho transito entonces habian demorado mas de lo esperado, cuando llegaron ambos estallaron en llantos y etraron a la sala donde tambien estaba Alex con Adrik

NARRA ADRIK:

sabia, sabia que algo no estaba bien desde el dia en el que John me tiro al piso, habia sentido mis huesos debiles y la comida, ya casi me daba asco, pero no podia decirle a Juliet que lo mismo que le arrebato todo a ella me estaba matando a mi. mi hermano estaba sentado a mi lado, me dijo que me amaba, fue muy raro eso de él ya que jamas me habia dicho eso, es decir si sabia que me queria pero jamas lo dijo con palabras eso fue lo que me hizo saber que las cosas estaban realemnte mal

--Juliet lo sabe..-- me dijo Alex cavizbaja

--lo suponia..-- le respondi con la mirada perdida

--como?--me dijo

--desde que salimos el otro dia del hospital pude ver como algo no le cuadraba y sabia que intenaria avergiuarlo, solo esperaba que tardara más-- le respondi

--ella te ama-- me dijo Alex.. demonios yo tambien la amo, ella es mi chica, pero no puedo quererla y luego morirme, ya se que este maldito cancer me matara, que se supone que haria ella despues?

--debes aprovechar el tiempo que tengas con ella al maximo--volvio a decir mi hermano

despues de unos minutos entraro mis padres llorando, bien, confirmado, todo se estaba llendo a la mierda, todo a mi alrededor se estaba desmoronando

capitulo15

Paso la noche, Haysel y Peter se habían ido a sus casas, yo me habia quedado toda la noche frente a la pequeña puerta de esa sala, y Alex estaba pasándola noche con Adrik, sus padres se fueron unas dos horas después de llegar, ellos volverían al otro día.

quería entrar, quería verlo, pero Alex no salía más de alli..espere y espere,estuve horas esperando, hasta que por fin Alex salio.. me vio con cara de sorpresa como si no esperara que yo estuviese aqui..

--sigues aqui..--dijo el algo asombrado

--no quiere verme cierto?-- le dije ya sabiendo como iba la situación

--Juliet tu sabes ...-- le interrumpí

--ya ya lo se, pero, necesito verlo y estar ahi, asi que lo siento pero, muévete-- le dije con firmeza

--Juliet..--dijo el sereno y esperando algún ataque de mi parte

--tienes dos opciones... la primera, te mueves y me dejas entrar y le diré que fuiste al baño o la segunda es que comenzaré a gritar..--le dije bastante segura de mis palabras, pude ver que Alex estaba pensando que decisión tomar, se veía pensativo e inseguro pero me dejo pasar.

entré y vi la mira de "que me trague la tierra" que tenia al verme. me acerqué a él y le dije:

-- no lo lograras--

--que? que cosa?-- me dijo el algo asombrado

--alejarme de ti-- le dije --mira yo se que no moriras, asi que por favor Adrik, se que es dificl pero.. no pierdas la esperanza, aferrate a ella como te aferraste a mi aquel día, aferrate a los sueños como si los necesitara para vivir, Adrik se que tu no moriras, cree..--le dije muy segura de cada plabra que dije

lo que a mi me habia echo falta para vencerel cancer fue eso, fue algo a lo que aferrarme, algo por lo que luchar y no podia dejar que Adrik muriera

---de ti, de ti me quiero aferrar-- me dijo el sin dudas

en ese momento no lo pense, fue espontáneo, solo paso, me acerque al rostro de Adrik y pusemi mano sobre su cachete Adrik bajo la mirada a mis labios y yo a los suyos y entonces nos besamos, fue perfecto, senti sus labios un poco humedos, sabia exactamente que hacer con sus labios, incluso con su lengua, cada movimiento era perfecto, nunca nadie me habia besado asi, bueno... tal vez porque ese fue mi primer beso y fue exactamente como siempre lo soñe. despues de unos minutos nos distanciamos y el me hizo una pequeña sonrisa mientras se coprria mas hacia el otro lafo de la cama dejandome espacio para que me acueste con él, en mi cara se podia ver lo cansada que estaba, y la verdad queria estar con el mañana cuando le dieran el alta. me acoste a su lado y me apoye en su pecho con suavidad, el comenzo a acaraciar mi cabello con tanta dulzura y delicadesa que enseguida quede dormida.

me desperte al otro día y Adrik estaba vistiendose, me asuste, quede como " que mierda" hasta que recorde que estabamos en el hospital y ahi solo me le quede mirando como una boba, tenia una espealda perfecta, ancha y musculosa, y su abdomen.. oh diablos, su abdomen parecia que era irreal de tan perfecto, no me imagino cuantas horas de gimnasio le llevo eso, me daba pena saber que poco a poco irian disminuyendo esos perfectos abdomiales, ya que no podira ir al gimansio mentras este enfermo.. cuando el se dio vuelta quedo inmovil con el buzo negro de manga corta en la mano, me quedo mirnado con una sonrisa hermosa y unos ojos radiantes.. se comenzo a poner el buzo y.. okey bueno que puedo decir.. todas sus partes son perfectas, ya saben muy impresionantes.. me di vuelta para pararme y darle mas privacidad pero entonces el se acerco a mi lentamente, ya se habia puesto el buzo y tenia un jean puesto pero aun desprendido, estaba con unas medias blancas en los pies pero no tenia puestos los zapatos.. poco a poco su cara se acercaba a la mia y entonces yo en un impulso lo bese, bueno. supongo que me lo estaba haciendo desear y lo logro, cuando nos estabamos besando el sonrio lo que provoco que yo tambien, el beso termino con una dulce y suave mordida en mi labio inferior, entonces nos separamos y yo sali fuera a llamar a Alex mientras Adrik se vestia.

cuando llame a Adrik el me dijo que estaba en el hospital hablando con una enfermea, que fuera hacia la izquierda despues del pasillo y ahi fui, Alex estaba llorando, la enferma le decia que si no encontraban un pulmon para Adrik en 2 semanas el moriria, necesitaba un donante urgente.

mis ojos se humedecieron y sin penrsarlo como siempre abrace a Alex, pero en ese momento llego Adrik quien nos estaba buscando, no le molesto el abrazo, le molesto que estuviesemos llorando, salio corriendo y Alex y yo fuimos tras el, estaba llendo en direccion a la playa que quedaba a tan solo 3 cuadras del hospital

--Adrik para!!--le gritamos, pero el siguio, hasta que de repente solo se detuvo, nosotros paramos tambien, el se dio vuelta y entre algunas lagrimas solto:

--Diablos chicos me voy a morir!-- dijo el sin siquiera pensar, vio que yo iba a hablar y de alguna manera el sabia las palabras exactas que yo diria --no Juiet! vamos se realista, nadie va salvarnos ni a ti ni a mi! no tengo que aferrarme a nada, por que mierda me aferraria a algo, todos vamos a morir algun dia, seria mejor que te alejras de mi y me dejaras morir solo!-- dijo con desprecio y sus ojos cristalizados

--Adrik!-- le grito Alex

--no, esta bien, Adrik estoy sana..quiero que te aferres a eso, por favor Adrik, solo escuchame, tienes tiempo, aferrate a que me sane y vivamos, vivamos juntos..--dije, obviamente menti, no estaba sana, estaba muriendo y tal vez hasta mas rapido que el.

--en serio estas sana?--me pregunyo Adrik sorpendido --si Adrik--respondi segura.

mire a Alex y el me sonrio, sabia que mentia, surante estos dias que Adrik a estado asi Alex a estado conmigo, pero sabia que no dirira nada.

Adrik corrio hacia mi y me abrazo --vamos a la playa?-- le pregunte, el asintio y me tomo de la mano.

llegamos a la playa y comenzamos a caminar por la orilla.

--te amo-- dijo Adrik de la nada --Te prometo que me sanare--

--si lo haras Adrik--le dije muy segura de eso --tambien te amo..--dije en un susurro no muy bajo para que el escuchara

seguimos caminando hasta que cayo la nochey decidimos irnos.. llegamos a su casa, esa noche no me iria, me quedaria con el, estaria con el. a eso de las 00:00 nos acostamos, Adrik enseguida se durmio, pero yo no podia, estaba pensando, carcomiendome la cabeza.. mis lagrimas comenzaron a caer por el hecho de que me tendria que despedir de el pero debia ser fuerte, tenia que fingir.. pero ahora, justo ahora no podia, asi que sali lentamentr y en silencio de la hbaitacion mientras me tapaba la boca para que no se sintiesen mis llantos, baje a la cocina y me sente en el sillon, apoye mis codos en mis rodillas y solo llore..

NARRA ALEX:

senti algunos pasos en el pasillo y escaleras asi que sali a ver, era Juliet.. estaba llorando, ella estaba dando todo por mi hermano, se que algo hara, se queno esta sana.. asi que solo pense en bajar y sentarme a su lado...

NARRA JULIET:

alex me sintio asi que bajo y sento conmigo, extendio su brazo sobre mis ombros y me abrazo

--Alex no le digas-- fue lo unico que salio de mi boca

--no lo hare, pero explicame-- dijo el

--si el cree que estoy sana luchara, lo cuidare, ya sabes que eh estado muy mal estos días y cuando fui a buscar al medico unos resultados indicaron que.. me estoy muriendo alex, y apovechare estas dos semanas, cuando Adrik vuelva a estar en ese hopital yo le dare mis pulmoes, estan sanos.. y dentro de unos días no los voy a necesitar.. quiero le digas que lo amaba y quiero que nunca lo dejes rendirse, si el quiere saber las razones cuando despierte le explicas todo pero sino..ya sabes--le explique a Alex

Alex me abrazo y luego ambos nos fuimos a dormir, volvi a acostarme con Adrik y nos saque una foto bueno, el dormia, pero queria entregarle un album despues.. despues de todo..

mañana iria a pasar el dia con mi madre.. tambien queria estra con ella y luego volveria con Adrik

capitulo16

Me desperté por la mañana y fui con mi madre a hacer algunas compras, mi madre hace tiempo quería cortarse el pelo, asi que le pedi por favor que lo hiciera, en lugar de hacerme feliz a mi queria verla feliz a ella, asi que fuimos a la peluquería.. demonios tenian que ver su cara, estaba verdaderamente feliz..

paso la tarde y al final del día fuimos a tomar un helado, pasamos la tarde riendo, mama me dejo frente a la casa de Adrik y bueno.. me iba a despedir de ella, la veria otros dias pero, cada día tenia que vivirlo como si fuera el ultimo.. asi que la abrace, la abrace como nunca le recordé lo mucho que la amaba. baje del auto y entre en la casa de Adrik, per antes de ir a buscarlo a el fui al cuarto de Alex, entre sin siquiera tocar la puerta ...

--Alex quiero pedirte algo- dije sin dudarlo

--dime..-- dijo el asustado

--quiero que cuando yo ya no este vayas cada dia a la casa de mi madre, quiero que si neesita algo la ayudes, que vayas a cenar con ella a veces y se rian, quiero que la cuides..por favor--le pedi

--Juliet tu madre estara bien, no te preocupes--me aseguro

luego sali de su habitacion y fui a buscar a Adrik

--vamos a la playa-- le dije sin preguntarle

el agarro una campera y fuimos hacia alli, cuando llegamos yo estaba algo agitada pero lo intente disimular, nos acostamos en la arena y contemplamos el hermoso cielo que alumbraba la noche, repleto de estrellas..

--sabes... siempre quise ser como una estrella..--le dije a Adrik --siempre crei que si un dia moria seria una, siempre me gusto esa parte.. me imaginaba en el cielo siedo como una estrella, brillando en la oscuridad, aullentando todos los demonios y mirando desde arriba, mirar el mundo desde otras perspectivas siempre me llamo la atención--

--eres algo ocurente a veces sabias?--me dijo Adrik con un tono burlon, mantuvimos silencio pero entnces el volvio a hablar--tu ya eres como una estrella, siempre alumbras a alos demas por más perdida que tu estes.. siempre eres luz en la oscuridad..--

yo le sonreí y seguimos mirando el hermoso cielo, pero entonces Adrik comenzoa toser, le pregunte si estaba bien pero no podia responder, no dejaba de toser, cuando note que le emepzaba a costar respirar llame a Alex el respondió y dijo que venia para aca, ayude a Adrik a levantarse y apoye su brazo en mis ombros, me faltaba el aire a mi tambien, bueno seguia agitada desde que bajamos del maldito coche, asi que me costaba mucho llevar a Adrik pero no me rendiria, pude ver como este seria el ultimo momento a su lado asi que lo mire, lo mire como si fuera oro, contemple cada parte de el, y le sonre, le sonreí a pesar de que se me caina las lagrimas..

--te amo..-- le susurré

cuándo llego Alex me ayudo a subirlo al auto y salimos disparados al hospital, cuando llegamos lo subieron a una camilla y y le pusieron oxigeno, llego una efermera a preguntarme si estaba lista porque era ahora el momento, yo le dije que si, la enfermera se estaba yendo cuando cai desmayada en pleno pasillo, Alex m e agarro y me llevaron a una sala, desperte 15 minutos despues y estaba Alex a mi lado..

--Alex no olvides nada de lo que te vengo diciendo..-- fue lo que le dije

el asintio con la cabeza y se acerco a mi a abrazarme, tenia lagrimas en sus ojos, estabamos separandonos cuando llego una enfermera, medio mi celular y se fue, llame a mi madre y le explique todo, le explique me quedaban minutos y que Adrik necesitaba un transplante de pulmones, que necesitaba su firma para poder darle el pulmon, mi madre habia estallado en llanto estaba destrozada pero acepto, no queria, pero lo izo por mi, asi que cuando llego al hospital firmo los malditos papeles y se acerco a mi, me pusieron una bata y mas cosas, y luego se fueron, me dejaron con mi mamá y Alex para que me despidiera.. abrace a Alex, le pedi ue no olvidara nada, luego el se fue y llego la parte mas dura de mi vida.. despedirme de mi mamá.

ella se acerco a mi y estallo en llanto, la abrace, la abrace muy fuerte, no queria llorar, no queria que el ultimo recuerdo de mi madre fuese el de mi carallorado asi que solo le sonrei, le dije cuanto la amaba..

--mamá sere como una estrella..--le dije intentando calmarla.. ella me sonrio y me dijo:

--mi amor tu eres mi estrella-- y volvio a abrazarme. luego de unos minutos sali hacia la sala de Adrik, el estaba anestesiado pero yo queria verlo...ya tenian porta la camilla de ambos y en el quirófano estaba todo listo..

llegue a donde estaba Adrik y lo abrace, le di un pequeño beso...

--teamo Adrik, ereslo unico que necesitaba para darme de cuenta de todo el tiempo que haia estado perdiendo, gracias por llegar a mi vida, solo pido que aproveches el tiempo ..--le dije aun sabiendo que no me escuchaba.

llame a los medicos y me subi a la camilla, mi mama abrazaba a Alex bucando consuelo, Alex la consolaba mienras la apartaba de alli para que no me viera mientras me llevaban al quirofano.

cuando entramos al quirófano le sostuve la mano a Adrik hasta que me quede dormida, vi todo negro, ya no senti más nada ya no escuche más nada, sabia que ahora podia morir en paz, le habia encargado a Alex mi madre y antes de irme de la habitación de Adrik le deje un álbum con dos fotos la que nos saque en la que el dormia y una mia, el resto del almbun estaba vacio, el lo podía completar a su antojo, en la tapa del álbum le deje una carta..

"Adrik:

te amo más que a mi misma, lamento haberte mentido pero necesitabas un ancla, necesitabas aferrarte a algo, ya no me quedaba mucho tiempo y mis pulmones estaban sanos, asi que espero que los aproveches, tienes una parte de mi contigo..jeje. quiero que aproveches esa oportunidad, quiero vivas al limite, no seas estupido, no hagas cosas de las que te arrepentiras, quiero que cumplas tus sueños y que seas como una estrella.. quiero que te enamores, que seas feliz, que inlcuso tengas hijos.. quiero que hagas todas esas cosas que yo no pude por culpa del maldito porblema que tu lograste vencer, te amo.

Juliet."

capitulo17

NARRA ADRIK:

Me desperté después de vaya a saber cuanto, me sentía algo perdido, mire hacia un costado y vi a Alex a mi lado, habia estado llorando, el se acerco a mi y me abrazo con una leve sonrisa..

--cuanto tiempo llevo aquí?-- pregunte

--1 semana-- respondió él

-- y Juliet?-- dije con una sonrisita

--Adrik.. Juliet..-- su cara se torno seria de nuevo, sus ojos se cristalizaron, no, no podia haber, no, ella estaba sana..--ella murió Adrik..--

mi corazon se acelero y intente pararme y salir corriendo pero entonces Alex me detuvo, ambos llorabamos --estaba sana..--dije entre voz cortada

--No Adrik, ella solo sabia en que debías aferrarte..--me dijo Alex cavizbajo

comence a llorar tanto que de seguro ya habia tirado litros y litros de lagrimas, pasaron unos minutos y le dije..--que fue lo que paso!?--

--Juliet quería que vivieras, a ella no le quedaba mucho tiempo asi que como sus pulmoes estaban limpios te los dono..--recuerdas ese día que fueron a la playa?--pregunto

--si, algo borroso pero lo recuerdo-- respondi

--bueno Adrik.. ese dia paso todo-- me dijo Alex

la noticia me impacto, me tomo horas asimilar que ella ya no estaba, estuve horas y horas llorando, ya estaba amaneciendo..

--necesitas tiempo..--me dijo Alex, mierda no no necesito tiempo

--no! la necesito a ella!-- dije alterado --queria casarme con ella, queria todo con ella queria que cuando tuviesemos 80 años yo la esperara en casa con un ramo de flores mientras ella venia de visitar a sus hijos! demonios! es abzurdo pero la amo Alex--dije

Alex asintio con la cabeza y me abrazo..

pasaron horas, y quede dormido.. a eso de las 10:00 de la mañana me despierto alterado por un sueño.. estaba Juliet:

estabamos en la playa cuando ella me cargaba, yo tosia y tosia y ella me decia que me amaba, luego las magenes son borrosas y al final estamos en una sala llena de doctores vestidos de azul, ella tomaba mi mano y yo estaba dormido

me desperte llorando y entre algunos gritos.. Alex viene corriendo hacia mi y me dice que todo estara bien, siempre es lo mismo cada noche, ya han pasado 2 meses y caa noche es ese maldito sueño.. Alex dice que cadavez que despierto comienzo a gritar pidiendole a Juliet que no se vaya pero eso jamas lo recuerdo, probablemente sueño algo mas luego pero nunca puedo recordar que es.

mis días concisten siempre en lo mismo, voy al insituto, vuelvo a casa, voy a la playa y luego vuelvo a dormir.. pero hoy paso algo más.

llegue a mi casa y me agache debajo de la cama a buscar mi caja de cigarillos pero en lugar de eso encontre un.. un album de fotos, no era mio, no sabia que era asi que lo tome y lo abri, habia una carta y era de Juliet, luego habian 2 fotos, las lagrimas comenzarona caer de mi rostro y me itre en la cama, como diablos no lo habia visto antes?, de seguro el dia que volvi del hospital lo tire con el bolso lleno de ropa

.

esa carta, esas fotos, ella.. me ayudaron a darme cuenta que estaba perdiendo mi vida, asi que decidi comenzar de nevo, decidi ir a ver a su madre, deicdi volver a hablar con Peter, con Haysel, volvi a reir con mis amigos, volvi a sbuir las califcaciones..

20 AÑOS DESPUES.

pasaron ya 20 años, tengo 2 hermosos hijo y una mujer encantadora a mi lado, no hay ni un dia que no piense en Juliet, graciuas a ella estoy aqui, mis hijos admiran a esa chica, cada dia les cuento historias y los levo a casa de la mamá de Juliet, soy feliz, gracias a ella

FIN

CPSIA information can be obtained
at www.ICGtesting.com
Printed in the USA
LVHW021424011222
734355LV00016B/1018

9 781837 612291